ENQUANTO O UNIVERSO NÃO DESMORONAR

ADRIELLI ALMEIDA

ENQUANTO O UNIVERSO NÃO DESMORONAR

ROCCO

Copyright © 2024 *by* Adrielli Almeida

Direitos desta edição negociados pela Agência Moneta.

Imagem abertura: FreePik

Direitos desta edição reservados à
EDITORA ROCCO LTDA.
Rua Evaristo da Veiga, 65 – 11º andar
Passeio Corporate – Torre 1
20031-040 – Rio de Janeiro – RJ
Tel.: (21) 3525-2000 – Fax: (21) 3525-2001
rocco@rocco.com.br
www.rocco.com.br

Printed in Brazil/Impresso no Brasil

Preparação de originais
BIA SEILHE

CIP-BRASIL. CATALOGAÇÃO NA PUBLICAÇÃO
SINDICATO NACIONAL DOS EDITORES DE LIVROS, RJ

A444e

Almeida, Adrielli
   Enquanto o universo não desmoronar / Adrielli Almeida. - 1. ed. - Rio de Janeiro : Rocco, 2024.

   ISBN 978-65-5532-168-5
   ISBN 978-65-5595-264-3 (recurso eletrônico)

   1. Ficção brasileira. I. Título.

24-89086
CDD: 869.3
CDU: 82-3(81)

Meri Gleice Rodrigues de Souza - Bibliotecária - CRB-7/6439

O texto deste livro obedece às normas do
Acordo Ortográfico da Língua Portuguesa.

para todas as pessoas que já partiram,
que deixaram partir, que precisam partir,
que talvez partam, que querem partir,
que foram partidas e que desistiram de partir.
mas, acima de tudo,

para todas as pessoas que já viram
aqueles que amavam partir.

"(…) uma bolha de sabão é mesmo imprecisa, nem sólida nem líquida, nem realidade nem sonho. Película e oco."

— **Lygia Fagundes Telles**,
A estrutura da bolha de sabão

NOTA DA AUTORA

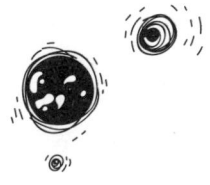

Este livro é o meu trabalho mais longo em questão de tempo de produção.

É também meu trabalho mais experimental, mais sincero, mais íntimo e mais pessoal. É sobre um assunto que me rendeu anos de um vazio inexplicável e de uma solidão imensurável. Sobre uma fragilidade que atinge a todos nós, independentemente de quando ou como.

Este livro é sobre luto.

Escrevi em parte para me despedir de quem perdi, em parte como processo terapêutico, e, por causa disso, o processo durou alguns anos. Achei, por um bom tempo, que nunca o terminaria, que ele seria um eterno rascunho perdido nos meus arquivos. Mas consegui e, com isso, pude ir em frente. Depois de finalizar esta história, voltei a me reconectar com a minha escrita e com a minha vontade de criar.

Então veio o tempo de gaveta, durante o qual este livro ficou parado por mais uns anos até uma comichão começar na minha cabeça, pedindo para que eu voltasse a ele e botasse essas personagens no mundo.

E cá estamos nós.

Os processos de luto de cada um são muito individuais, e cada pessoa é diferente, com sentimentos que vão variar de intensidade. Escrevo esta nota para que os leitores que seguirem adiante tenham isso em mente e não procurem um espelhamento do que sentiram ao perder alguém, mas uma identificação e, principalmente, um desabafo sobre meu próprio processo.

Dito tudo isso: espero que seja uma boa leitura.

Nos encontramos onde o universo desmorona.

Até lá,
Adrielli

Um pingo de chuva não faz tempestade

Fantasmas não têm cabelo colorido.

Pelo menos acho que não, já que nunca vi um. E, caso não tivesse avistado com meus próprios olhos a menina do outro lado do pátio, usando um cachecol azul-anil e chapinhando os pés em uma poça de água suja, também teria dito "nem a pau".

Só que lá está ela.

O cabelo parece um doce colorido nas sete cores do arco-íris, e ela olha para o céu a todo instante, como se esperasse um pedaço dele despencar lá de cima. Está com o pulso direito enfaixado e um curativo na bochecha esquerda e, porra, ela está viva e *respirando*.

— Cara. — A mão do meu melhor amigo pousa no meu ombro e parece pesar duas toneladas. Ou é isso que está pesando ou é a culpa. — Aquela ali não é a melhor amiga da…?

Só que ele não termina a frase, e nós apenas a encaramos. Não sei como está a minha expressão, mas assinto uma única vez.

— É ela, sim — sussurra Teresa, parecendo chocada, e remexe os cabelos loiros presos em duas marias-chiquinhas.

O único de nós que não olha na direção da garota é Wesley. Os cadarços do tênis dele parecem bem mais interessantes.

— Tadinha. — Teresa faz um biquinho, os lábios cheios de gloss, uma meleca colorida com cheiro de fruta cítrica. — Continua a mesma patinha feia e estranha de sempre.

O tom de voz dela me irrita porque soa como se estivesse com pena. Teresa *age* como se tivesse compaixão, e sua suposta pena termina aí. Seus olhos contam outra história, e, antes que eu possa pensar em responder algo ácido, Caíque solta um ruído do fundo da garganta.

— A Alice não é feia — diz ele, e eu tenho que concordar.

Com a pele marrom-clara, os olhos castanhos e o cabelo de várias cores, ela acaba sendo o tipo de pessoa impossível de passar despercebida. Introvertida, sim, e, sem dúvida, bonita.

— Eu me amarro no cabelo dela.

Caíque morde o sanduíche e mastiga, franzindo as sobrancelhas grossas e escuras, os olhos castanhos se semicerrando. Os braços grandes relaxados, a pele negra retinta e o cabelo cacheado lhe dão um ar que beira o infantil, mas, quando é gentil e cuidadoso com as palavras, ele parece ter mais idade do que realmente tem.

Wes levanta a cabeça, como se a menção ao cabelo o tivesse lembrado de algo. Ele varre o lugar com seus olhos escuros, procurando por Alice. O rosto branco dele está ainda mais pálido que o normal, mas ela já não está do outro lado do pátio. Parece ter virado qualquer coisa, menos matéria.

— Ela não estava em Curitiba? Por que ia querer voltar para cá? — questiona Wes, os braços cruzados, os olhos baixos novamente.

Sei que ela ficou um tempo no hospital e então algumas semanas na casa da tia, em Curitiba. Sei que ela foi a única que saiu do hospital *viva*. Meu estômago se contorce com essa informação.

Teresa está encarando as próprias unhas e masca o chiclete com irritação. *É*, penso. *Como ela consegue voltar para a vida antiga quando toda a merda que o destino jogou em cima dela nem foi limpa ainda?*

— Ou ela é muito corajosa ou muito idiota — falo por fim e coloco os pés em cima da mesa.

Teresa franze o nariz sardento para os meus tênis velhos. Caíque me fuzila com o olhar, e então desviamos a atenção na direção em que ele aponta com a cabeça, de forma quase imperceptível. Alice está passando perto o suficiente da nossa mesa e, pela maneira como seus ombros estão tensos, ela me ouviu.

Deve ser por isso que acaba erguendo uma sobrancelha e me mostra o dedo do meio.

— Essa garota é inacreditável.

Teresa parece incrédula, mesmo que o gesto não tenha sido destinado a ela. Caíque dá uma risadinha, e Wes esconde o sorriso no cabelo de Teresa, que mal está se aguentando na cadeira de raiva.

Inacreditável acaba se tornando a palavra do dia.

Santa Esperança tem uma população média de 19 mil habitantes. É uma cidade interiorana que sobrevive graças à agricultura, à produção de queijos e salames, à fabricação de móveis de madeira e coisas do tipo. Não é exatamente avançada e muito menos sinônimo de mudanças.

Viver em uma cidade desse tamanho significa que minha meta de vida é me formar e cair fora, sem pensar duas vezes.

Significa que fofocas são o passatempo de todo mundo e que as notícias se espalham mais rápido do que fogo em palha seca. Também significa que nossa escola de ensino médio tem só duas turmas de terceiro ano e todo mundo se conhece desde o jardim de infância. Então não é uma surpresa quando chegamos no quinto horário e toda a escola já sabe que Alice Castello voltou.

Ao entrarmos na sala de Artes, no subsolo da escola — em um canto esquecido pelos engenheiros, com janelas baixas e paredes úmidas —, vejo que já ela colocou o cavalete no fundo da sala, e todo mundo a encara abertamente. Tenho que reconhecer que ela é muito corajosa por ignorar e abstrair todo o redemoinho de expectativas sobre si mesma.

De qualquer forma, não está sozinha: seu fiel escudeiro, Jonas Paspalhão, está com ela. Inseparáveis desde o ensino fundamental, agora que Castello está de volta, Jonas parece um filhote estúpido seguindo o dono que chegou de viagem.

Tento me concentrar na minha tela, mas fica difícil com os murmúrios que crescem ao meu redor. Não. Ao redor *dela*.

De repente, parece que Alice é uma espécie bizarra de celebridade. Todo mundo a cumprimenta, e consigo notar o desconforto no rosto dela toda vez que ela precisa retribuir.

— Você está agindo como um idiota a manhã inteira, Rodrigo. — Caíque me lança um olhar preocupado, e reviro os olhos. — É por causa dela, não é?

— Da Alice? — pergunto, dando uma breve olhada na direção dela, assim como todas as outras 35 pessoas na sala, mas logo volto a encarar a tela em branco à minha frente.

Não quero ter que desenhar. Não *posso* desenhar. Não tenho como desenhar. Mas não entreguei nada para a professora de Artes desde o começo do bimestre e posso muito bem tomar uma bomba astronômica na matéria e reprovar esse ano.

A Faculdade de Artes do Paraná vai ter que esperar um ano caso isso aconteça.

— Da Isabelle. — O nome que Caíque pronuncia derruba todas as minhas muralhas.

— Não vou falar sobre esse assunto.

Ao ouvir as oito letras que formam aquele nome, um nome que já pertenceu a alguém, sinto todos os meus ossos se contorcerem sob minha pele.

— Rodrigo... essas merdas acontecem. — A voz de Caíque soa baixa, e eu tenho que cerrar o maxilar para não gritar com ele. — Na vida de todo mundo.

— Eu já entendi, Caíque.

Nós dois olhamos para o pincel que acabei de quebrar e para os respingos de tinta preta que voaram na tela. Caíque solta o ar e resmunga por um ou dois minutos, e é só. Ele não insiste, e eu também não.

— A gente nem... — Algo entala na minha garganta e as palavras que preciso falar se perdem. Engulo em seco.

— Tudo bem, cara. — Caíque dá uns tapinhas amigáveis nas minhas costas, sem me olhar nos olhos. — Você não precisa falar sobre isso.

Eu e ela brincávamos o tempo todo com perguntas.

É tão idiota e doloroso pensar em alguém como ela no passado, mas ainda assim é o que ela é. Só mais uma parte do passado. Só um capítulo da minha história. Mesmo assim, invento uma pergunta, pensando na garota do fundo da sala. Pensando em mim mesmo.

Quantas vezes alguém aguenta ser partido em mil pedaços?

A resposta é: apenas uma vez. Depois da primeira, a pessoa pode ser classificada como destruída.

Perda total.
É assim que ela me classificaria.

— Não sei como minhas irmãs conseguem amar um imbecil como você — resmunga Caíque quando suas duas irmãzinhas abraçam minhas pernas.

Catalina, a menor, me pede colo, e eu a iço do chão com facilidade. Camille larga minhas pernas e corre na direção da cozinha, e, mesmo a dois cômodos de distância, consigo ouvi-la conversando com a mãe e avisando que eu vim almoçar.

— Deve ser porque elas nasceram inteligentes, ao contrário do irmão mais velho. E pode ser porque elas têm um excelente gosto.

Caíque revira os olhos quando Catalina me beija no nariz e o ignora.

— Devem ser os meus olhos. — Pisco para Caíque enquanto Catalina enfia os dedinhos neles, puxando meus cílios.

— Catalina, não! — A mãe de Caíque aparece no portal da cozinha usando um avental, com uma expressão feliz no rosto. — Rodrigo, querido!

Dona Lúcia me abraça de lado e me beija na testa. Passo tanto tempo na casa deles que poderia chamá-la de tia.

— Até minha mãe tem uma quedinha por você. É patético. — Caíque solta a mochila no chão e pega Catalina do meu colo, beijando-a nas bochechas. — Todas as minhas mulheres me traindo.

— Não é minha culpa se o Rodrigo me trazia flores. — Dona Lúcia pisca na minha direção, e eu reprimo o sorriso enquanto meu melhor amigo passa por uma espécie de surto de ciúme.

— Mãe — reclama Caíque enquanto tira os tênis. — Ele tinha oito anos.

— E já era um perfeito cavalheiro. — Dona Lúcia suspira dramaticamente, só para irritar o filho. — Você podia aprender algumas coisas com ele, Caíque.

Apertando minha bochecha uma última vez, dona Lúcia se vira e volta para a cozinha.

— Se ela soubesse o cretino que você é... — balbucia Caíque na minha direção, colocando Catalina no chão, que corre na direção da mãe, e dessa vez nós dois trocamos uma risadinha.

Cinco segundos depois, ouvimos a vozinha de bebê dela perguntando:

— Mãe, o que é *quetino*?

Eu quase nunca fico sozinho e isso facilita as coisas.

Mesmo quando são só umas tardes na casa do Caíque, comendo porcaria e brincando de casinha com as irmãs dele. Ou quando Wes e eu corremos pela cidade, em completo silêncio. No entanto, ficar só comigo mesmo é algo impossível de evitar e costuma ser sempre a pior hora.

Sinto todos os dias o Monstro Cinza se agitando dentro de mim. Ele se move sorrateiramente, com força mas suave, grande mas pequeno, aqui mas não completamente aqui, e é aí que penso no quanto é possível odiar e amar alguém ao mesmo tempo, sentir tanta saudade e desejar desesperadamente que a realidade não passe de um sonho ruim. Mas então meu celular apita.

Me viro na cama e leio a mensagem duas vezes antes de apagá-la.

FS à 00h

Autossabotagem, aí vou eu.

Dois corações partidos não formam um inteiro

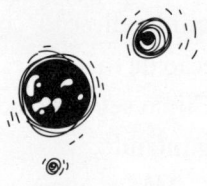

— Que merda é um FS?

Jonas e eu checamos nossos celulares assim que eles vibram na madeira da mesa, avisando que temos novas mensagens.

— Você foi convidada também? — Ele se inclina na minha direção, olhando a mensagem curta e de um número desconhecido, os grandes óculos quadrados dele escorregando até a ponta do nariz.

FS à 00h

— Fui? — Minha resposta soa como uma interrogação e me sinto uma idiota. Não que isso seja novidade.

— FS significa Festa Secreta. Ninguém sabe quem começou com isso, mas basicamente você precisa receber uma mensagem dessas pra ir.

Ele revira os olhos, como se não se importasse com isso. Apesar de algo na postura dele me fazer acreditar que se importa, sim.

— Todas as festas têm um tema. Elas começaram assim que... — Jonas engasga e me dá uma olhada de esguelha, e sei que essas festas começaram depois do acidente.

Agora sou eu que me seguro para não revirar os olhos. Às vezes, acho que Jonas esqueceu que saímos do jardim de infância. Às vezes, acho que ele pensa que sou feita de algum material altamente quebrável, quando na verdade sou só uma dessas pessoas propensas a se partirem sozinhas.

— Enfim... faz um mês que elas começaram. — Jonas dá de ombros, e eu encaro a mensagem na tela do celular, franzindo a testa. — Não faz nem 48 horas que você está em Santa Esperança e já te convidaram. As pessoas levam essa coisa de remorso a sério, né?

— Crianças. — A bibliotecária nos lança um olhar de advertência e aponta para a plaquinha que diz que devemos manter silêncio.

Peço desculpas rapidamente, dando de ombros, enquanto Jonas solta uma risadinha.

— Não é como se... Bom, não é como se o que aconteceu fosse culpa deles. — Batuco o lápis no dever de casa que deveria estar fazendo e tento manter as unhas longe da boca, resistindo à ansiedade que me consome sorrateiramente.

As pessoas me falam o tempo todo que não precisamos tocar no assunto se eu não quiser, mas, como se estivessem brincando do comigo, emendam logo com as fatídicas palavras neutras: *Como você está?* E eu penso nos três Rs que podem responder a essa pergunta:

Ruindo.

Rancorosa.

Receosa.

— Não é culpa deles, mas pessoas morreram, Alice. — Jonas dá um tapinha na pilha de livros que pegamos e espalhamos na velha mesa de mogno escuro. — Eles sentem remorso pelas coisas que fizeram antes do acidente acontecer, não exatamente pela morte dos dois.

O tom de voz de Jonas soa como um ponto-final e percebo, um pouco chateada, que, assim como o restante da cidade, ele não consegue falar sobre tudo o que aconteceu sem misturar sentimentos e fatos.

O mais irônico é que nunca pensei muito sobre a morte, apesar de entender bem sobre partidas. Relutei em aceitar a ausência eterna dos últimos anos, mas acabei tendo que lidar com essa realidade durante todo esse longo e doloroso mês que passou. Nunca imaginei que pessoas morressem em dias ensolarados. Ou às terças-feiras. Muito menos que pessoas morressem quando mais precisamos delas. O que chega a ser tragicômico. Só que de uma forma horrendamente triste. E dolorosamente precisa.

Pensar nisso, pensar neles, me mostra que algo dentro de mim está tremendamente errado.

Agora sou incapaz de tomar uma decisão simples.

Quero partir. Quero ficar.

Acima de tudo, quero aprender a viver — e ninguém mais parece entender a confusão que se formou dentro de mim.

Quando olho para Jonas, tudo o que vejo é constância. Ele continua o mesmo de sempre: mesmas roupas, mesmos óculos, mesmo jeito de rabiscar os cantos das páginas do caderno — só que agora, quando ele fala, não gagueja mais, nem ao menos hesita. Mantém o tom de voz firme e constante. Quando sorri, o sorriso nunca chega até os olhos, é de mentira. Ainda assim, esse Jonas é o mesmo Jonas, e essa Alice não é mais a mesma Alice.

Existe algo que nos dá uma certeza sobre coisas assim: quando alguém que amamos parte, nós perdemos. Perdemos um pouco da fé, perdemos a esperança, perdemos um pedaço de nós mesmos, perdemos a inocência e perdemos o brilho que só existe nos olhos de quem nunca viu a morte de perto. O problema é que não fomos feitos para perder, por isso achamos frustrante e incompreensível.

— Esquece o que eu disse. — Jonas fecha o caderno com força. — Você vai nessa festa, não vai?

— Eu deveria ir? — Olho de relance os livros que separei para pegar emprestado, e o suspiro de Jonas me faz erguer o olhar para ele.

— Acho que sim? — Ele está praticamente me chamando de idiota com os olhos. — Pelo amor de Deus, você ficou quase um mês na capital. Além do mais, todo mundo quer saber como foi morrer e voltar.

— Nossa. — Coloco a mão na testa de forma dramática. — Você fala as coisas mais bonitas, Jonas. — Finjo enxugar uma lágrima. — Chega a me deixar sem fala.

Ele revira os olhos, mas está sorrindo, então recolhe todo o material da mesa e joga de qualquer jeito dentro da bolsa, se levantando.

— Vamos indo? — Ele passa a alça da bolsa carteiro pelo pescoço e me olha cheio de expectativa. — Eu preciso chegar em casa às duas.

— Tudo bem, Jonas? Com você, quero dizer — pergunto por reflexo, já sabendo qual vai ser a resposta, mas ainda assim querendo que o abismo que se formou entre nós diminua, nem que seja só alguns centímetros.

— Tudo — responde ele, e aperta a alça da bolsa até os nós dos dedos ficarem brancos. Não sei como Jonas nunca percebeu

que é um péssimo mentiroso. — Eu passo às onze da noite na sua casa.
— Ah.
Dou uma olhada de relance para o celular, que agora está com a tela apagada em cima da mesa, imaginando o que minha mãe vai achar de uma festa à meia-noite... Se é que ela vai ficar sabendo que saí.
— Sobre isso... Eu meio que estava brincando. — Mordo a parte interna da bochecha, e Jonas ajeita os óculos.
— É, mas eu não estava.
Ele acena na direção da bibliotecária e sai andando daquele jeito apressado que chega a ser quase cômico. Me viro para o lado, pronta para fazer um comentário engraçadinho a respeito disso com Isabelle quando a realidade me acerta com um soco direto no estômago. Enquanto eu pego o livro que escolhi e devolvo os outros dois à prateleira, meus olhos se enchem de lágrimas.

Jonas não foi o único que perdeu alguém, penso ao me apoiar na cadeira, buscando um ritmo de respiração constante. Isabelle era amiga dele, mas também era minha *melhor* amiga. E eu não perdi apenas ela.

Thiago era meu irmão mais velho, me ajudava com tudo. Ele ria mais, falava mais, sabia melhor como persuadir nossa mãe. Ele sabia *existir*. Tinha pouca paciência, mas uma lábia que compensava. Quando não discutíamos por coisas idiotas, ele era o melhor irmão que eu poderia ter. Thiago equilibrava minhas falhas, meu silêncio e minha distância, mas eu também conseguia me sentir vista com ele, porque ele era assim. Dois passos para lá, um para cá. A vida não era perfeita, mas era tudo o que eu tinha. E bastava.

Em momentos assim, sinto como se tudo fosse ruir ao meu redor, dentro de mim. Sinto uma dor tão profunda, na minha alma. Dói tudo de novo. E é aí que eu sei que a ferida nunca se fechou. Nem ao menos foi suturada.

Junto as minhas coisas e coloco tudo na mochila grande, espalhafatosa e verde-militar. Quando coloco o único livro que realmente vou levar no balcão, a bibliotecária ergue os olhos do computador, que deve ser sobrevivente de uma era jurássica.

— *Alice no País das Maravilhas?* — Ela me lança um olhar curioso. — Você não está velha demais para livros assim, meu bem?

Dou um sorriso vazio, entregando meu cartão da biblioteca, e ela faz o processo do empréstimo em silêncio. Vejo seu olhar se prolongar no meu cabelo quando me entrega o livro e diz a data de devolução, e sinto um vazio já conhecido, um cansaço que me abate até mesmo em momentos normais.

Estou cansada de me afogar em silêncios de palavras não ditas.

Minha alma está cheia de buracos e as palavras são todos os meus remendos. Mas, às vezes, nem mesmo elas conseguem alcançar o buraco negro que cresce dentro de mim e aos poucos me consome.

Penso na tristeza incurável que se enraizou em meu coração e me pergunto quando isso vai deixar de ser ferida e se tornar cicatriz. Penso se talvez um dia fará alguma diferença se já faz dois dias, dois anos ou duas décadas que eles se foram. Penso no quão ridículo é o fato de eles simplesmente irem. Palavras também foram feitas para despedidas, não é mesmo?

O quarto dele continua sendo dele, mas é só um quarto. As roupas dele continuam sendo dele, mas são apenas tecido e linhas.

Eu continuo sendo a irmã mais nova dele, mas sou só mais uma pessoa que perdeu alguém.

Volto para casa caminhando e está caindo uma pancada de chuva quente, o sol brilhando atrás das nuvens que cobrem o céu. Abro o guarda-chuva e me escondo embaixo dele enquanto ando pela calçada cheia de folhas caídas.

As casas por aqui são todas iguais, assim como as pessoas. Houve um tempo em que eu realmente questionei tudo e cheguei a acreditar que era *diferente* deles. Acabei descobrindo que no fundo, no fundo, sou como todos.

Sou só mais um peixinho nesse cardume que apenas segue a correnteza.

E, só porque estou segurando um guarda-chuva, isso não significa que a chuva vai parar de cair.

Minha mãe está estendendo as roupas no quintal dos fundos quando eu chego. Ela acena para mim do outro lado da janela, segurando um prendedor laranja na boca enquanto ajeita um lençol no varal.

— A chuva acabou de parar... Ainda pode chover mais. — Aponto para as poças de água, mas ela apenas balança a cabeça.

— A roupa precisa secar. — Minha mãe dá de ombros.

Agora é assim: ela passa cada segundo que pode arrumando as roupas nos armários por cor e tecido e esfregando os banheiros até que não reste nada além de um branco que machuca os olhos de tão branco. Ela limpa a casa toda — menos um quarto.

É difícil quando ela me dirige um olhar que me atravessa e se perde, porque quase consigo adivinhar os pensamentos dela. Minha mãe odeia meu cabelo, odeia meu nome, mas me ama do jeito que pode.

— Como foi a escola?

Ela lava as mãos e prepara um sanduíche com rapidez, mesmo que eu esteja meio tonta por causa dos remédios para dor.

Brinco com meu cabelo, segurando uma mecha rosa-chiclete, e vejo que o comprimento está quase no meio das costas. Vou precisar retocar as tintas logo.

— Foi tudo incrível. — É uma mentira óbvia, então espero que ela a questione.

— Que bom.

Minha mãe assente vagamente, me entrega o sanduíche de peito de peru e faz um carinho de leve no meu cabelo. Engulo uma série de palavrões e a vejo se afastar.

O dia foi uma merda.

Primeiro, os nomes das pessoas que amei foram sussurrados por todos os cantos sempre que alguém me via passar. Era como trazer fantasmas de volta ao mundo dos vivos. Era *errado*.

Segundo, o idiota do namorado da Isabelle.

Ou ela é muito corajosa ou muito idiota.

(Resposta: não sou nenhum dos dois.)

As pessoas falam sobre amor incondicional, mas muitos não sabem que ele vem de diferentes formas. Sigo até o quarto da minha mãe em silêncio, empurro a porta semiaberta e o que vejo me faz segurar a maçaneta com força.

É assim sempre que conversamos ou sempre que ela me olha. É assim quando chove, quando a música favorita dele toca no rádio ou quando ela acha uma camisa xadrez perdida no cesto de roupas sujas. É assim desde que ele morreu.

Ela chora como se algo dentro dela estivesse quebrado e defeituoso. Então, vou até ela e a abraço, porque também me sinto quebrada e defeituosa. Se saudade fosse uma brincadeira, seria como ver quem prende a respiração por mais tempo, só que, nesse caso, ganha quem prende mais lembranças.

E é idiotice minha achar que ganhei o jogo.
Afinal, não tem como brincar se você é a última pessoa que restou.

Alice diz: o que vcs usam nas FS?

Jonas diz: tipo... de roupa?

Jonas diz: espero que essa conversa seja sobre roupas e não sobre drogas

Alice diz: vcs usam drogas????

Jonas diz: os idiotas? Sim

Alice diz: ...

Alice diz: era sobre roupas. qual é o tema dessa festa afinal?

Jonas diz: o tema é azul

Alice diz: tipo a cor?

Jonas diz: é, a menos q vc conheça outro tipo de azul

Jonas diz: veste algo confortável e um sapato que vc não tenha medo de perder

Alice diz: é tão ruim assim?

Jonas diz: vc nunca sabe quando vai precisar correr da polícia

Alice diz: abortar missão

Jonas diz: negativo

Jonas diz: é a volta da rainha alice, principalmente agora que todo mundo está obcecado por vc

— Aliceeeeee — ouço o sussurro antes de ver o vulto no corredor. Dou um pulo e quase solto um grito assustado, então vejo quem é.

— Meu Deus, Jonas.

Eu me abaixo, respirando fundo, uma mão no peito.

— Você tá pronta, né? — fala Jonas baixinho, um sorriso travesso nos lábios.

Deixei a porta dos fundos aberta para ele poder entrar quando chegasse, sem fazer barulho. Escapulidas à noite não são uma novidade para nós, e meu único medo no momento é que ele acorde minha mãe, que já está dormindo há algumas horas.

Ele entra no meu quarto e ergue dois dedos na minha direção, sem esperar minha resposta.

— Precisamos de duas regras: não fume nada e não saia de perto de mim. Vai ser péssimo se você voltar chapada para casa, sozinha e com um braço machucado.

— Jonas, eu não sou um passarinho ferido.

Ele liga o abajur que fica na cabeceira da cama e então passa a procurar algo.

— Jonas…

Mesmo na escuridão, consigo vê-lo cavoucando a pilha de roupa suja.

— Aqui. — Ele ergue algo de forma triunfante, como se fosse um prêmio e não o cachecol azul-anil antigo e puído do meu irmão mais velho. — E você é quase como um passarinho ferido, sim. — Jonas enrola o cachecol no meu pescoço. — Agora mexe essa bunda e vamos.

A mão de Jonas está quente quando ele entrelaça os dedos nos meus e eu sinto meu estômago entrar em queda livre.

— Não sei se consigo — sibilo na direção dele, me sentindo aterrorizada ao pensar na possibilidade de pisar fora de casa. — Jonas, sério. — Tento puxar meu braço, e Jonas se vira na minha direção. — Eu não posso... Não posso... — Gesticulo para nós dois. A última coisa que preciso é começar a chorar agora.

— Alice — a voz dele soa infinitamente triste e sofrida, seus olhos fixos no meu rosto —, você não pode fugir de tudo para sempre. Sabe disso, né?

Eu sei, eu sei, eu sei, *eu sei*. Balanço a cabeça no escuro e algumas mechas do meu cabelo se desprendem do projeto de tranças que tentei fazer e que acabou virando uma confusão. Jonas afrouxa o aperto, me dando a liberdade de escolher. O silêncio dele grita para mim. É ficar, é partir. É viver lentamente, é escolher morrer de imediato.

Mas, às vezes, é impossível fugir das coisas que se quer evitar, porque vivemos em um mundo pequeno e, quando se corre em um mundo pequeno, acabamos sempre voltando ao mesmo lugar.

— Faz pouco tempo... — começo a dizer, e ele me corta rapidamente.

— Acha que não sei disso? — Jonas soa magoado. — Mas não posso decidir por você, Alice. Se quiser ir, temos que sair agora.

Meu melhor amigo solta minha mão, ajeita a touca que está usando, puxando-a mais para baixo, e se vira. Antes que ele dê três passos, me adianto e pego a mão dele. Jonas me olha por cima do ombro, e, mesmo estando escuro demais, sei que ele está sorrindo. Olhos como os dele não mentem. Quando eu o sigo, sinto algo dentro de mim se romper. Algo dentro de mim sendo despedaçado. Algo dentro de mim gritando. Algo dentro de mim acordando, sacudindo as cinzas e se levantando.

Por essa noite, eu sou apenas eu.

A antiga eu.

E espero que isso baste, mesmo que minhas esperanças sejam vãs.

TRÊS PERNAS DE UM BANCO QUE SUSTENTA O UNIVERSO

— Se alguém começar uma briga igual da última vez, eu vou ter um surto. — Caíque está esparramado em um dos velhos sofás que mobiliam o antigo barracão, olhando com uma carranca para a mão de cartas que acabou de receber de Wesley.

— Você só está com medo da sua mãe descobrir que o bebezinho dela saiu da cama tarde da noite — sussurra Teresa, e mostra a língua para ele.

A mesma língua, por sinal, que estava enfiada na garganta de Wesley cinco segundos atrás. Ele está sentado na poltrona verde-vômito, e Teresa está aconchegada a ele, empoleirada em seu colo.

Estou apoiado na grade de proteção que cerca o segundo andar do barracão, mas não apoio todo o meu peso nesse negócio. Esse lugar está tão decaído que acabamos apelidando de Buraco e, apesar de ser um barracão agrícola abandonado que já viu dias melhores, é tudo o que temos. É o nosso Éden, onde ficamos intocáveis, suspensos em um lugar seguro que construímos.

O paraíso é muito parecido com o inferno, afinal.

— E aí? — Caíque dá uma olhada nas cartas em sua mão, e Wes faz o mesmo nas dele. — O que vocês acham que vai acontecer? Algum palpite?

— Palpites? Como assim? — pergunto, confuso.

Caíque joga uma das cartas em cima da caixa que está servindo de mesa e ergue o olhar na minha direção.

— Ué, mané. Palpites. — Ele se recosta no sofá, olhando nos meus olhos. — Por exemplo: eu acho que a melhor amiga da Isabelle não vem na festa.

Me encolho ao ouvir aquelas palavras e nem chego a colocar minha aposta em jogo.

— Ela *recebeu* a mensagem? — Teresa franze o cenho, o rosto em uma expressão de surpresa e incredulidade, e imediatamente olha para Wes.

— Por que ela não receberia? — Wes dá de ombros como se não tivesse feito nada de mais, mas Caíque e eu sabemos a merda na qual ele está se enfiando. — A garota acabou de perder o irmão e a melhor amiga em um acidente de carro. E tudo bem que ela nunca foi muito sociável, mas...

— Mas...? — Teresa se levanta em um pulo, saindo do colo dele. Seu rosto branco está vermelho-vivo. — Bom, Wesley, se você está com tanta pena da patinha feia, por que você não consola ela? Ah, mulheres.

Apoio uma mão embaixo do queixo e assisto à cena, intrigado com a repentina virada na história, esperando a próxima burrada de Wesley.

— Bom, talvez eu *faça* isso mesmo.

Teresa recua um passo e abre a boca, agora parecendo chocada. Mas Wes imediatamente parece querer retirar o que falou. Só que é — ah, minhas palavras favoritas — *tarde demais*.

Teresa nem ao menos olha para trás enquanto desce a escada, furiosa.

— Parabéns, cara. — Caíque solta uma espécie de bufo misturado com risada, e Wes solta um gemido. — Você acabou de ser promovido a otário do ano. Nesse ritmo, vai ser o da década.

— Não fode, Caíque. — Wes larga as cartas em cima da caixa e Caíque solta um palavrão quando bate os olhos nelas.

— Não acredito que você estava com essa mão, seu idiota.

Mas Wes já levantou e está indo para o andar de baixo, na direção da garota loira e furiosa que poderia ser trocada pela esquisita da cidade.

As festas secretas são só mais um capricho da Teresa, mas ainda assim é um capricho importante.

— Ótimo. Eu nem tenho paciência para essa porcaria mesmo. — Caíque joga as cartas dele na caixa e solta um ou dois palavrões, mas sei que não está chateado de verdade.

— Eu acho que ela vem — digo de repente, e me arrependo em seguida.

Só um idiota para não ver: existe uma chance de 1% de Alice Castello aparecer aqui esta noite. Mas, bem, eu sou um imbecil. O bom de tudo é que Caíque já sabe disso há muito mais tempo do que eu mesmo.

— Quer apostar? — pergunta.

Nós nos encaramos por dez segundos enquanto ele espera que eu mude de ideia, mas isso não acontece. Quando dou de ombros, ele esfrega as mãos, sorrindo diabolicamente.

— Você gosta mesmo de perder dinheiro, hein? Tudo bem, dez contos.

— Cinco — respondo.

Merda. É melhor perder cinco do que dez, certo? Caíque pondera por alguns instantes.

— Fechado.

Trocamos uma batidinha de punhos fechados, selando nossa aposta estúpida, e ele solta uma risada.

Filho da mãe.

Ele nem ao menos disfarça, e eu confiro meu relógio de pulso: faltam dez minutos para a meia-noite.

— Vou buscar algo pra gente beber. — Caíque se levanta e ajeita o boné. — Não sai daí, mané. Tenho que cuidar de você.

— Como se eu precisasse disso.

Ainda assim, afundo no sofá em que Caíque estava e junto todo o baralho, embaralhando as cartas. Ao respirar fundo, franzo o nariz. Deveriam proibir cigarros dentro do Buraco, de qualquer tipo.

— Oi, Rodrigo.

Quando ergo os olhos das cartas, vejo uma garota parada ao meu lado, me olhando com aquele tipo de esperança romântica e inocente. Faço um som de desânimo baixinho e a encaro meio sem reação.

— Oi, e aí?

Ela brinca com o babado da blusa, baixando os olhos.

— Esse lugar está vago?

Olho para o sofá em que estou sentado e amaldiçoo todos os deuses que consigo lembrar no intervalo de cinco segundos.

— Não, senta aí. — Dou uma batida no lugar vazio ao lado do meu e a garota praticamente quica no sofá. — Hã, e aí...

— Luana. — A garota fala o nome com lentidão, os olhos escuros sondando os meus, mas não parece abalada pelo fato de eu não lembrar seu nome.

— Hum. — Dou uma olhada para as cartas nas minhas mãos.

— Ah, você estava jogando? — Ela se inclina e encosta uma das mãos nas minhas, e nossos olhos se encontram. — Porque eu...

— Escuta, Luana. — Eu me reclino lentamente, olhando-a nos olhos. — Sei que não é o que você quer ouvir, mas não estou disponível. Nem hoje à noite e nem em nenhuma outra.

A garota fica vermelha da cabeça aos pés, e eu dou um sorriso.

— Eu... hum... Eu meio que perdi uma aposta com as minhas amigas. — Ela indica suavemente com a cabeça um trio de garotas que está nos observando não muito longe dali, com olhos curiosos e ávidos por qualquer movimento.

— Qual o desafio?

Comecei a achar aquilo engraçado, e ela fica ainda mais sem jeito enquanto coloca uma mecha do cabelo atrás da orelha.

— Hã... — Luana dá de ombros e meus olhos focam a curva de seu pescoço. — Eu meio que... tinha que admitir o que eu sinto por você.

Reprimo o sorriso. Então é assim que estão me vendo. Como algo que foi quebrado e precisa que a pessoa certa conserte.

— E o que você sente por mim, Luana?

Apoio o cotovelo no braço do sofá e o queixo na mão, me inclinando na direção dela. A garota engole em seco e gagueja, ficando ainda mais vermelha, se é que isso é possível.

— Ódio? Pena?

— Eu... e-eu...

— Rodrigo? — Caíque franze o cenho para mim e eu me espreguiço.

— Oi? — respondo, e Luana solta o ar ao meu lado, parecendo aliviada.

— Que merda você está...?

— Hã, eu vou indo. — Luana se levanta de repente, mas eu seguro seu pulso com delicadeza.

— Não está esquecendo nada, Luana?

— E-eu... n-não... Eu só...
— Rodrigo. — Caíque solta um suspiro desapontado.
— Um beijo de boa-noite, talvez? — pergunto, deixando a malícia implícita em minha voz. Os olhos dela se enchem de lágrimas, e eu solto seu braço quando ela se vira na direção das amigas e corre sem olhar para trás.
— Você é um imbecil. — Caíque me estende um copo de plástico que cheira a suco de abacaxi batizado.
Dou de ombros e tomo um gole da bebida.
— Já me chamaram de coisas piores — murmuro, olhando meu relógio. Dois minutos para a meia-noite.
— Tenho certeza. — Ele está com a testa franzida e os ombros tensos. — Você acabou de destruir a noite daquela garota.
— Eu não sou a porra de um herói, Caíque.
— Não, não é mesmo. — Ele balança a cabeça e vira o boné para a frente, escondendo o rosto. — Está mais para o figurante idiota e insignificante da história.
Paro o copo a meio caminho da boca, semicerrando os olhos enquanto analiso as palavras dele. Eu e Caíque vivemos em mundos diferentes e nossas histórias não são escritas no mesmo tipo de papel. Mas ainda assim continuamos juntos; ainda assim, continuamos desafiando a roda da vida.
— Achei que você fosse beber. — A voz de Caíque soa seca.
— Sabe? Afogar sua estupidez lendária no álcool.
— Deixa de ser babaca — resmungo, fazendo uma careta, e ele bufa.
— Não, Casagrande. O babaca aqui é você. — Ele tomba a cabeça de lado e dá um sorriso seco. — Lembra disso.

— Acho que temos um perdedor — grita Caíque quando dá meia-noite.

De repente, não sou mais o cretino sem coração e sim seu melhor amigo, que está devendo dinheiro para ele. Acho que foi o suco batizado. Álcool sempre deixa Caíque meio atrapalhado.

— Eu disse que ela não vinha. Os cinco contos mais fáceis que já tive o prazer de ganhar, Casagrande.

Ele acena alegremente ao me chamar pelo sobrenome. Todo mundo está olhando na minha direção, e dá para ver os pontos de interrogação nos olhos de todos. Então alguém pigarreia e Caíque quase cai do segundo andar. É aí que eu finalmente me viro e vejo as duas figuras paradas atrás de mim.

— Merda — murmura Caíque, provavelmente juntando o que restou de sua dignidade.

É bom ganhar de vez em quando, para variar. Nunca, jamais, aposte contra o destino.

— Oi, Rodrigo. — Jonas sorri, mas seu olhar continua sério. Reparo na mão dele, que está segurando outra mão.

— Continua o mesmo idiota de sempre.

— Bom te ver também, Jonas.

Balanço o copo na direção dele, mas minha atenção está na garota, assim como a de todo mundo que está aqui. Para dar algum crédito a ela, Alice não fica envergonhada, apesar de seus grandes olhos castanhos estarem olhando para todo canto de maneira nervosa.

Até que eles param em mim e ela me encara sem reação nenhuma. A cena que aconteceu mais cedo se desenrola na minha cabeça e consigo vê-la me mostrando o dedo do meio com certa determinação e prazer.

— Lugar legal — diz ela baixinho, e dou uma olhada em sua camiseta por alguns instantes. Só assim para evitar o olhar dela, a vergonha se desenrolando dentro do meu peito.

As pessoas ainda estão olhando, e Jonas pigarreia e a toca no ombro com delicadeza. Ela vasculha o lugar com curiosidade, e isso parece fazer as pessoas saírem do transe. Quando Alice se vira para olhar o segundo andar, algo na maneira como ela movimenta o pescoço, esticando-o, me faz recuar um passo.

— Quer beber alguma coisa? — pergunta Jonas, e ela apenas balança a cabeça, sorrindo sem mostrar os dentes.

— Está tudo bem. — Alice solta a mão dele e dá de ombros.
— Pode ir. Vou ficar bem.

Ele a encara por vários instantes, e Alice retribui o olhar na mesma intensidade. Então, Jonas finalmente suspira e se vira, sem dizer uma palavra.

Ele circula pelo lugar, cumprimentando pessoas aqui e ali, mas volta e meia lança olhares na direção de Alice enquanto ela pega um copo de suco e observa a decoração ao redor. Estou a meia dúzia de passos dela e toda vez que meus olhos esbarram no ponto em que ela se acomodou — no meio dos pufes surrados organizados em um canto mais escuro e menos caótico do barracão —, sinto um aperto esquisito no peito.

Acho que já estou meio bêbado, porque meus pés acabam me levando até a garota de camiseta dos Ursinhos Carinhosos e cachecol azul, e tudo nela grita que não pertence a este lugar. Reparo de novo no curativo no pulso, e é só; não vejo nem um outro band-aid. Dá para ver apenas um pequeno corte na bochecha, fino e rosado, em processo de cicatrização.

— Você precisa de alguma coisa? — pergunto, enrolando um pouco a língua, e ela ergue os olhos do celular e franze a testa. Não parece feliz em me ver. Na verdade, Alice parece meio... incomodada e decepcionada.

— Isso foi uma ameaça ou uma pergunta?

Dou uma olhada nas mãos nervosas dela e não sei por qual motivo ridículo reparo em seus dedos. São longos, e as unhas estão pintadas de dourado, com o esmalte já descascando.

Balanço a cabeça, me sentando no pufe ao lado do dela, e nossos joelhos esbarram, só que ela finge não notar.

— Alguém como você não tinha que estar aqui — digo o mais baixo possível, mas quando as palavras saem, percebo que não saíram do jeito que eu planejava.

Estou mais bêbado do que imaginava, e Alice nem ao menos me olha. Está mais interessada em vasculhar todo o salão.

— Bom, isso definitivamente foi uma ameaça. — Ela franze a testa e inclina a cabeça.

— O quê? Não. — Cruzo os braços, e isso atrai o olhar dela. Diretamente para mim. — Se ficar aqui, pode acabar ouvindo... alguma coisa chata. Ou que deixe a situação complicada ou... — Franzo as sobrancelhas. — Estou falando para o seu bem, Castello. Ok?

— Ah, então você também está interessado no meu bem?

Ela faz a pergunta me encarando, e eu me arrependo de ter achado ruim a falta de contato visual. Ela tem os olhos mais absurdamente tristes e bonitos que já vi na vida. O tipo que suga almas, parte corações e cura almas.

— Fica longe de mim, Rodrigo. — O sorriso que ela abre é um pouco sinistro. — Pro *seu* próprio bem.

— Ela é maluca, Caíque. Doida de pedra. E os olhos dela... — Levo a mão à cabeça, e meu amigo ri. — Que garota de 17 anos tem olhos como aqueles? E de que merda você tá rindo, cara?

Estou completamente bêbado, sem sombra de dúvidas. O chão está vacilando sob os meus pés, como se eu estivesse em um barco durante uma tempestade. Posso não estar em um barco durante uma tempestade, mas me sinto perdido do mesmo jeito.

— Nada. — Caíque está meio alto também, mas é mais resistente do que eu e está no 14º (ou 15º? Não tenho mais certeza de nada) copo de suco batizado. — Quer dizer, estou rindo da sua cara de desespero. É muito bonitinha.

Lanço um olhar irritado na direção dele, e Caíque apenas ri mais uma vez. Depois de Alice encerrar o assunto comigo de maneira abrupta, eu desci para o primeiro andar, onde estão todos os estudantes do ensino médio da nossa escola. As conversas soam altas demais e acho que já deu para mim por essa noite.

— Ela nunca gostou de mim. — Solto um soluço baixo.

— Quem? — pergunta Caíque, olhando para o copo na metade do caminho, me encarando com curiosidade.

— A Alice. Ela nunca gostou de mim. Não que eu culpe ela por isso.

Dou de ombros e apenas afundo na poltrona, tentando não pensar em Isabelle e falhando completamente. Ela sentenciou meu coração em menos tempo do que eu pensava ser possível e agora tudo o que amei nessa vida miserável partiu. E tudo o que sou agora é uma criatura de coração pesado e alma vazia.

— Não sabia que você se importava com a opinião da Alice Castello.

— Eu não me importo. — Deito a cabeça na poltrona, esperando a sala parar de girar. — Eu não me importo mesmo, mas a Isabelle se importava.

Caíque não responde nada dessa vez e sei que ele também sente falta da Isabelle. Ao contrário do irmão da Alice, que tinha ido morar em Curitiba há um tempo, Isabelle estava o tempo todo nos corredores do colégio, interpretando personagens, dançando no pátio como se não tivesse ninguém em volta e sendo meu raio de sol no meio de toda a tempestade que nascia dentro de mim.

— Ela amava aquela garota como se fosse uma irmã — balbucio de forma patética, ainda de olhos fechados. Sim, eu sinto pena dela. Mas tenho sentido pena de mim mesmo há mais tempo. — E agora ela é como eu.

— Mas aposto que a Alice tem um coração.

Abro os olhos, e Caíque está observando o primeiro andar com seus olhos escuros e cálidos. Com o estômago embrulhado, me inclino para poder enxergar o que ele está vendo. A música baixa é alguma porcaria lenta e triste, e Alice e Jonas estão dançando juntos. A cabeça dela se encaixa no ombro dele, e o nariz dele está no cabelo dela.

— Um coração que deve estar destruído.

Franzo o cenho na direção daquela cena. Ela perdeu a melhor amiga e o irmão naquele acidente, mas ainda tem alguém para colar os cacos do seu coração. Enquanto vejo a cena, sinto uma pontada de inveja, porque parece que uma realidade na qual encontro um ombro firme para encostar a cabeça é algo distante demais. Para mim, viver é uma eterna sucessão de concessões.

Viver é aceitar que destinos se separam.

Viver é continuar respirando enquanto quem você ama já não consegue fazer isso.

Acredite quando eu digo que

viver

também

é

um

saco.

Mas continuar vivo quando algo dentro de você está morto é infinitamente pior.

— Casagrande... — chama Caíque.

— Tudo bem. — Balanço as mãos rapidamente e me apoio na poltrona para levantar. — Eu vou indo.

— Ainda tá cedo — argumenta ele, mas nós dois sabemos que não aguento mais nada por hoje. — Se você quiser, te acompanho até em casa.

— Não precisa, fica aí.

Não quero silêncios constrangedores entre nós, e Caíque parece entender o recado.

— Prometo que você não vai encontrar meu corpo em uma vala nem nada parecido.

Caíque bufa.

— É por isso que eu não quero que você vá sozinho, seu merda. Seu senso de humor está beirando o mórbido, e isso não é nada bom.

— Já sou grandinho. Estou no controle da situação. — Sorrio e levo dois dedos à testa, em uma despedida silenciosa, mas ainda consigo ouvir o último resmungo do meu amigo.

— É *isso* que me preocupa.

CINCO PASSOS ATÉ ONDE O MUNDO ACABA

Quando dá duas da manhã, entendo que estou fazendo hora extra aqui. Teresa Damasceno passou a noite inteira me encarando como se quisesse me matar lentamente, e toda vez que levanto desse maldito pufe, todo mundo vira na minha direção, como se um holofote me seguisse por todo canto.

— Obrigada por me trazer, Jonas, mas acho que está na hora de voltar. — A noite está razoavelmente quente e, fora do barracão poluído de fumaça, consigo respirar fundo e pensar com clareza. — E obrigada pela dança.

— Mas o sol ainda nem nasceu — brinca ele e sorri.

— Fica pra próxima.

Nossos ombros se trombam de leve e, quando ele não responde nada, ergo os olhos até seu rosto. Jonas está olhando para o bosque que rodeia todo o barracão, o cenho franzido.

— Sua mãe não pode nem sonhar que você veio aqui. — Jonas dá uma olhada por cima do ombro na direção de todo o pessoal bêbado dançando, e eu apenas reviro os olhos. — Ela me mataria. — Ele olha na minha direção e arregala os olhos de forma significativa. — Com as próprias mãos.

— Às vezes você é tão dramático.
Aperto sua bochecha com carinho, ele dá um suspiro cansado, e eu sinto cheiro de álcool doce em seu hálito quente. E é aí que eu sei que ele vai tocar no assunto proibido.
— Você ficou fora um mês inteiro, Alice. Estou preocupado com você.
Olho nos olhos verdes e gentis de Jonas e sinto meu coração apertar. Sei que não fui justa ao me afastar dele, mas acabei chegando à conclusão de que o ser humano é egoísta. Simplesmente incapaz de olhar para qualquer lugar ou qualquer um além dos próprios problemas. Além do mais, o que existe dentro de mim neste momento é uma bagunça, e uma bagunça extremamente tóxica.
Não preciso olhar para mim mesma para ver que sou um poço de desespero. Uma mistura de autopiedade e autodestruição. E, mesmo sendo egoísta o suficiente para pensar na minha própria dor, também sou altruísta o suficiente para deixá-lo fora da zona de perigo.
— Estou bem, Jota — murmuro em um fiapo de voz, chateada por ele querer falar disso hoje, aqui, agora. — Eu vou ficar bem.
Tento sorrir, mas dessa vez meus lábios tremem e Jonas suspira de novo, me puxando para ele. Apoio a cabeça em seu ombro e respiro fundo, sentindo seu cheiro neutro de limão, as lágrimas quentes nos olhos.
Mas é inevitável não mentir sobre esse assunto.
Às vezes, acho que nunca vou ficar bem, que nunca vou voltar a viver por inteiro.
E nós dois sabemos que mentirinhas como essa não partem corações.
Pelo menos não em muitos pedaços.
— Se você quiser — começa ele, analisando meu rosto —, posso ir com você. Não é problema nenhum sair da festa mais cedo...

— Não, não. Tudo bem. De verdade. — Abro um sorrisinho. — Quero voltar sozinha... Preciso de um tempo pra mim. Foi uma noite meio barulhenta, e nem é tão longe assim.

Ele assente devagar.

— Certo. — Jonas bate o dedo de leve na minha testa, e sei que é com carinho, mas acabo fazendo uma careta. — Vai direto pra casa e me manda uma mensagem assim que chegar.

— Sim, senhor.

Enxugo as lágrimas na camiseta dele e Jonas ri. Por algum motivo, é muito bom saber que ele ainda tem motivos para rir.

— Você costumava fazer isso na quarta série.

Ele soa nostálgico até o último fio de cabelo, e eu tento não fazer uma viagem no tempo, lembrando de nós dois em balanços de plástico e nos metendo em brigas por causa de balas na fila da cantina.

— Você acha que eu nunca deixei de ser aquela garotinha da quarta série.

Olho para a minha roupa, e ele ri baixinho, enrolando uma mecha do meu cabelo verde-capim no dedo indicador.

— Eu tenho certeza disso — responde.

Ele beija minha testa de maneira paternal e entra novamente no barracão.

Empurro a bicicleta até a estrada e a monto, me arrependendo de ter vindo de saia e coturnos. A estrada de terra e cascalho que leva até o barracão é toda irregular e cheia de buracos, e eu semicerro os olhos no escuro, com a vã esperança de enxergar melhor — de enxergar qualquer coisa a um palmo de distância, no mínimo.

Pedalo na completa escuridão, dando alguns solavancos aqui e ali, mas consigo chegar inteira à estrada pavimentada, sem cair nem uma vez, o que por si só é um milagre. O barracão fica só a vinte minutos de bicicleta do centro de Santa Esperança, mas é distante o suficiente para que toda a música e a movimentação no lugar passem despercebidas por qualquer adulto.

Sigo pedalando a uma velocidade razoável quando uma forma escura e cambaleante atravessa meu caminho. Aperto o freio, parando um grito de surpresa na garganta, e a lei da gravidade faz sua parte. A freada brusca e às cegas faz com que eu despenque da bicicleta e sinto metade da minha perna ficar na estrada, ralada.

— Merda, você tá bem? — pergunto para o vulto e empurro a bicicleta com o pé livre, soltando um gemido. — Eu não vi você.

— Bom, seria mais estranho se você *tivesse* me visto.

Eu congelo, sem me levantar.

Qualquer um, menos ele, por favor, por favor, imploro mentalmente, mas a Lei de Murphy está agindo de acordo com o esperado e Rodrigo Casagrande tateia às cegas e encontra meu tornozelo, apertando-o com firmeza.

— Ai! — Eu o chuto quase inconscientemente, e ele solta uma risada abafada.

— Oi, gracinha.

— Oi, imbecil.

— Você continua me odiando, pelo visto. — A voz dele soa arrastada e as palavras, meio confusas.

Percebo que está bêbado e resmungo internamente. Tudo que eu não precisava às duas da manhã, no meio do nada.

— Você... — me levanto e ajeito a saia rapidamente, batendo-a com as mãos — está indo pra casa?

— Estou meio perdido, na verdade.

Algo na forma como ele diz essas cinco palavras me faz respirar fundo. Ele não está falando sobre o caminho. Está falando dela.

— Tá bom, vou reformular a pergunta pra ficar bem claro: você precisa de ajuda para levar esse seu cu bêbado e perdido até a merda da sua casa?

— Ah, eu acho que o Caíque está tão errado.

Franzo a testa quando ele dá uma risadinha, como se o que tivesse falado fizesse algum sentido.

— Estou vendo que não precisa.

Levanto minha bicicleta, e então ele segura meu cotovelo. A mão dele, de dedos esguios e longos, está quente e me dá um aperto firme.

— Não vai.

Engulo em seco.

Isso está absolutamente errado. De todas as formas possíveis.

— Eu... preciso de ajuda — murmura ele, tão baixo que, mesmo que eu esteja a alguns centímetros de distância, fico em dúvida se ele realmente falou isso.

— Tá... — Prolongo a palavra além do necessário e Rodrigo Casagrande solta um suspiro aliviado. — Você consegue montar na garupa da bicicleta?

— Hum, será que consigo? — Ele soa em dúvida.

— Me dá sua mão — peço, estendendo a minha.

— Só a mão? — pergunta ele em tom brincalhão, e eu reviro os olhos.

— Você quer mesmo dormir bêbado no meio do mato, né?

— Desculpa.

— A mão, *Rodrigo*. — Tateio até que os dedos dele encontrem os meus. — Isso.

Eu o guio até a garupa e, quando nós dois estamos prontos para partir, ele sussurra, próximo demais:

— "Rodrigo", é? É quase gentil você me chamar pelo meu nome.

Rodrigo apoia a bochecha nas minhas costas, e eu tomo um susto. A voz dele soa ainda mais arrastada e sonolenta. Estou prestes a retrucar, mas nada do que eu disser vai adiantar, já que ele escondeu o rosto nas minhas costas e... dormiu. Uma das mãos dele está segurando minha camiseta, como uma criança de 5 anos sonolenta e indefesa.

Não sei dizer se isso me incomoda. Não sei dizer o que estou sentindo neste exato momento, enquanto o mundo passa por nós, as luzes fracas dos postes da cidade já se aproximando.

Eu apenas pedalo enquanto Rodrigo Casagrande dorme às minhas costas e suspira baixinho, ressonando. Ele tem um bendito equilíbrio, tenho que admitir, mas eu também estou fazendo o possível para nós não cairmos juntos no chão.

Somos grandes o suficiente para entender que quedas como essa machucam mais do que pessoas já quebradas podem resistir.

A casa do Rodrigo fica no mesmo quarteirão que a minha, um sobradinho amarelo desgastado pelo tempo, mas ainda firme, muito parecido com a personalidade do morador. Mesmo que eu não imagine Rodrigo morando em um lugar com cercas de madeira e um canteiro de rosas brancas, o lugar dele é aqui.

Paro suavemente embaixo do poste logo em frente à casa e ouço a sinfonia de cigarras na noite quente, procurando um motivo para estar aqui de madrugada. Qualquer motivo.

— Rodrigo — sussurro, cutucando-o de leve com a mão, mas ele ressona baixinho. — Rodrigo — falo um pouco mais alto, mas ele nem ao menos se move.

Solto um ruído irritado, já me arrependendo de ter trazido ele até em casa e pensando em um jeito de descer da bicicleta sem que ele caia.

Quando me movimento para descer, ouço ele se remexendo, segurando meu braço com força e, em seguida, despencando em direção ao chão.

— Merda — diz ele, tonto, e eu sinto a irritação me inundar, mas logo visualizo Isabelle rindo da cena, se inclinando na direção dele e o tocando no ombro enquanto sussurra algo em seu ouvido, e uma brisa sopra meu cabelo.

A visão dela é tão nítida no meio da noite que meus olhos se enchem de lágrimas e fico paralisada, olhando o nada, ao lado de Rodrigo.

— Alice? — Ele está deitado no chão, grunhindo. — Onde estamos?

— Na sua casa. — Cutuco as costelas dele com a ponta do coturno e Rodrigo rola, me encarando. — Vai entrar? — Aponto para a casa com o dedão por cima do ombro, e ele suspira.

— Meu quarto é no segundo andar. Minha mãe ia perceber.

— Rodrigo se senta, coça a cabeça e então se espreguiça. — Vamos lá pro quintal dos fundos.

Olho para minha bicicleta e penso na minha própria mãe, em casa, dormindo.

— Não sei se é uma...

— É uma ideia péssima, na verdade.

Rodrigo apoia um cotovelo no chão e me estende uma das mãos. Eu hesito, até entender que ele quer ajuda para se levantar. Resmungando, eu o ajudo, reparando de novo em como ele está bêbado.

— Eu sempre fui o cara das péssimas ideias. Mas isso não é novidade, é?

Rodrigo me oferece um sorriso triste, e meu coração vacila. É tão doloroso vê-lo assim que as duas palavras que mais odeio no mundo são as únicas nas quais consigo pensar, e elas sobem até a minha boca e saem antes que eu possa refreá-las:

— Sinto muito.

E eu sinto muito. Sinto muito o tempo todo.

Sinto muito porque minha melhor amiga maluca nunca vai ter a chance de fazer o teste para qualquer novela ou cursar Teatro, como sempre sonhou desde os 8 anos, quando desistiu de ser presidente da República.

Eu sinto muito pelos meus pais, que sempre deixaram claro que o Thiago era o filho favorito, que fizeram de tudo para que ele estudasse Medicina em Curitiba, algo que nunca foi o sonho dele.

Eu sinto muito pelos pais da Isabelle, que perderam a filha incrível, e sinto muito por Rodrigo Casagrande, que perdeu a garota que amava em um acidente de carro imbecil, mas já não existe espaço algum para mais dor na minha vida.

Rodrigo funga uma única vez e se afasta cambaleante para longe de mim.

— Você vem, Alice Castello? — pergunta por cima do ombro, e meus pés traidores se movem na direção dele.

Vejo a árvore velha no fundo do quintal e a casa de madeira que foi construída nela. Solto uma risadinha involuntária, e ele se vira para olhar, as sobrancelhas escuras unidas.

— O que foi?

Ele estreita os olhos e, mesmo à noite, noto a cor incomum deles. São azul-claríssimos ou cinza? Parecem faróis na escuridão.

— Nada. — Dou de ombros, mas ainda estou olhando para a casa na árvore. — Quem construiu?

— Eu. — Ele para, meio vacilante, e vai na direção da escada de madeira que leva até a casa. — Caíque e eu, na verdade.

Penso no melhor amigo dele, nos ombros largos, nas mãos fortes e no sorriso quente, na pele negra retinta. Sempre o vi como um cara legal o suficiente para equilibrar com Rodrigo, que sempre dispara os pensamentos sem qualquer filtro — assim como a Isabelle era incrível o suficiente para equilibrar todo o meu silêncio estranho e falta de expectativas.

Cambaleante, Rodrigo começa a subir pela casa da árvore, e eu me surpreendo.

— Espera, você vai dormir aí?

Ergo as sobrancelhas, meio impressionada com a sagacidade idiota dele.

— Tenho dois colchões infláveis aqui — conta ele, ofegante ao entrar na casa. — Então, sim, vou dormir aqui. O teto tem uma telha solta que consigo mover para ver as estrelas. Eu sou tipo... — Vejo ele coçar a nuca, como se estivesse sem graça. — Insone. As noites são sempre longas pra mim.

Não sei o que falar, então apenas respiro fundo.

— Boa noite, Rodrigo — falo, um pouco alto demais, e me viro, balançando a cabeça.

Se essa não está sendo a noite mais estranha de toda a minha vida, já está no pódio das três mais, com uma boa chance de ser a campeã.

— Ainda tá cedo! — grita ele.

Olho na direção da casa amarela, o coração aos pulos. Mas nenhuma luz se acende, e eu fico calma, sem responder à provocaçãozinha.

De qualquer forma, ele está errado.

Já está tarde.

SEIS COISAS IMPOSSÍVEIS ANTES DO CAFÉ DA MANHÃ

— Nós terminamos.

Caíque e eu trocamos olhares assim que Wesley afunda na carteira à minha frente, os ombros caídos e uma expressão de derrota no rosto. É terça-feira e as aulas do dia ainda não começaram.

— Hum, que péssimo, cara.

Caíque se inclina na direção de Wes e dá dois tapinhas no ombro dele.

— Ela te chutou? — pergunto com voz rouca, voltando minha atenção para o rabisco no caderno de artes. Minha cabeça está pesando duas toneladas e meia e, mesmo que eu tenha escovado os dentes quatro vezes hoje de manhã, ainda sinto gosto de abacaxi na língua.

E ainda tem todas as cenas confusas de ontem à noite.

— Casagrande. — Caíque suspira na carteira do meu lado.

É engraçado ver Caíque sentado nas carteiras da nossa escola, porque ele faz parecer que foram feitas para bonecas. Quando ficamos lado a lado, me sinto sempre duas vezes mais desengonçado. Dou um sorriso de lado, mas Wes responde mesmo assim.

— É, ela me chutou, e tudo por causa daquele comentário idiota que fiz sobre a Alice...

— Alice? — interrompo, parando de desenhar por alguns instantes. Os dois olham na minha direção. — A Alice? Sua ex-namorada?

Caíque franze a testa e me encara, analisando meu rosto com desconfiança.

— Você se lembra de ontem à noite, Casagrande? — pergunta ele de repente.

Quando demoro para responder, os dois se entreolham e se inclinam na minha direção.

— Você estava tão bêbado assim, Rodrigo? — questiona Wes.

Ele até para de choramingar por causa de Teresa. Como não sei o que dizer, apenas dou de ombros e volto a encarar meu caderno de desenhos.

Wes solta um assobio, e nosso professor de matemática entra na hora em que Caíque vai dizer alguma coisa, me deixando na expectativa.

— E sim, cara — sussurra Wes na minha direção. — Foi *a* Alice.

Penso na melhor amiga de Isabelle durante toda a aula de matemática, olhando pela janela e me lembrando de uma ou duas coisas que aconteceram ontem à noite. Tenho 94% de certeza de que ela me levou até em casa, mas isso não faz sentido. Alice sempre fez de tudo para demonstrar que não me suportava. Por que faria isso?

No intervalo de cinco minutos da troca de professores, Caíque praticamente arrasta a carteira dele para perto da minha.

— Como você chegou em casa ontem? — pergunta ele, os olhos grandes e escuros como nanquim, curiosos.

É o que eu queria saber, penso.

— Com minhas pernas, cara — retruco de forma quase seca, sem erguer os olhos.

Apesar de gostar de números, continuo trabalhando no desenho durante a aula de matemática, e só quando Caíque me dá um tapa na nuca que olho na direção dele.

— Você não se lembra nem da briga do Wes e da Teresa.

Caíque me encara, sério, e eu viro o rosto para a janela, vendo que alguma outra turma está tendo aula de educação física.

— Como conseguiu chegar inteiro em casa?

— Chegando.

Bato o lápis no caderno, franzindo a testa. Não sei por quê, mas, quando tento me lembrar da noite anterior, vislumbres confusos e embaralhados me vêm à mente. Não sei dizer o que é real e o que inventei, mas tenho quase certeza de que tinha mais alguém. Alguém com uma bicicleta e cabelos coloridos, com cheiro de baunilha e hortelã.

— Que saco, Caíque, o que foi agora?

— Nada.

Ele desvia os olhos, magoado. Tem o dobro do meu peso em músculos, mas ainda se ressente quando sou um idiota com ele.

— Eu só queria ter certeza de que você tinha chegado bem.

— Idiota — sussurra Wes na minha direção, e eu chuto sua carteira no momento em que o professor da próxima aula entra.

No intervalo, nós três nos sentamos na mesma mesa de sempre e, quando o sol brilha acima de nós, espirro cinco ou sete vezes seguidas, pensando que a porcaria da primavera chegou.

— Então, você e a Teresa fizeram uma parceria — comento quando Wes e Caíque se sentam. Não vejo Teresa em lugar nenhum. — Você entrou com a bunda e ela, com o pé.

— Vê se cresce, Casagrande.

Caíque revira os olhos, e eu solto uma risada enquanto Wes afunda no banco.

— Eu sei que não é o que você quer ouvir agora, Wes, mas dá um tempo pra ela. Você praticamente gritou pra Teresa que ia trair ela com a sua ex.

— A Alice não é minha ex — resmunga Wes, abrindo o iogurte e lambendo os dedos. — Quer dizer, ela é, mas...

— Deixa de ser idiota, Wesley. — Atiro um Fandangos na testa dele, que esfrega o lugar, mesmo que a batida tenha sido fraca. — Teresa é a rainha do drama.

— Eu fui um imbecil.

— Nenhuma novidade até aí.

— Já chega. — Caíque bate as mãos na mesa de leve, e eu estreito os olhos. — Você — ele aponta para Wesley, que está mergulhando um biscoito de polvilho no iogurte —, para de ser uma criança chorona. E você — Caíque me lança um olhar irritado —, deixa de ser cretino.

— É um dom — brinco, gesticulando, e Caíque cruza os braços.

— Estou falando sério, Casagrande. Você sacaneou uma secundarista ontem e bebeu além da conta. Se continuar agindo como se não precisasse seguir nenhuma das regras que todo mundo segue, não vai mais ser convidado pras FS.

Eu hesito, aturdido. Que merda é essa?

— Você está me ameaçando? Por ter bebido demais?

— É, cara — fala Wes de boca cheia, me olhando de soslaio, com um brilho sacana. — Você foi bem canalha com a garota.

Ela estava chorando no banheiro ainda hoje, sendo consolada pelas amigas.

— E como você sabe disso, seu cachorro sarnento? — resmungo, mal-humorado, mas Wesley fica mesmo irritado.

— Ei!

O rosto de Wes fica todo vermelho e, quando nós dois fazemos menção de nos levantar, Caíque nos empurra para baixo de novo. Eu quico no banco, sentindo minhas costas doerem com a força do impacto.

Olho carrancudo para ele e depois para Wes, mas não digo nada.

— Querem fazer o favor de parar? — sibila Caíque. — Casagrande, você tem duas suspensões, a terceira é expulsão e você sabe disso. E toda essa porra de escola sabe o que você fez com a menina.

— Eu dei um fora nela.

Dou de ombros, mas desvio o olhar, trincando o queixo.

— Um fora nada gentil — ressalta Caíque, depois solta um suspiro. — Eu não quero ameaçar você pra te colocar na linha.

— Mas? — pergunto, cerrando um punho embaixo da mesa, e sinto uma veia no pescoço latejar.

Wes está olhando para algo atrás de mim, focando qualquer coisa, menos meu rosto.

— Mas... — Caíque relaxa os ombros, cansado. — Mas vou fazer isso, se precisar, pro seu próprio bem.

Eu congelo, lembrando as palavras idênticas que ouvi ontem à noite.

Fica longe de mim, Rodrigo. Pro seu próprio bem.

— Tá bom. — Assinto uma única vez, e Caíque quase cai do banco.

— *Tá bom?* Trata de agir como um homem, cara. Já está na hora.

— Como o Wes está fazendo?

Quero levantar dessa mesa e procurar Alice Castello para tirar algumas coisas a limpo e quitar algumas dívidas, mas não posso perder a chance de implicar com Wesley.

— Juro por Deus que vou encher ele de porrada. — Wes está de boca cheia, e as palavras saem abafadas.

Caíque revira os olhos, e eu dou um sorriso.

— Você tem a minha palavra. — Coloco a mão sobre o coração e levanto a outra, fazendo uma cara solene. — Se isso for suficiente, é claro.

— Por enquanto, é.

Caíque desembrulha o sanduíche de atum. O cheiro de peixe atinge minhas narinas, e eu espirro mais uma vez.

— Mas só por enquanto.

Estou lavando as mãos no banheiro masculino e tentando não bater a cabeça na parede mais próxima quando o sinal do fim do intervalo toca. Fico mais tempo do que deveria secando as mãos e, quando coloco a cabeça para fora da porta, não vejo mais ninguém nos corredores.

Quer dizer, tirando a garota de cabelo colorido correndo na direção da sala, não vejo mais ninguém. Quando ela passa, eu a seguro pelo braço, e Alice quase cai, o pescoço girando na minha direção.

— Oi, gracinha. — Sorrio e a puxo na direção do banheiro masculino enquanto Alice grita um palavrão.

— O que você está *fazendo*? Eu não vou entrar no banheiro...!

Alice passa pelas portas e olha ao redor como se estivesse vendo um mundo alienígena. Os olhos dela passam pelos urinóis de forma vaga, e não consigo deixar de rir quando a expressão dela vai de "irritada" para "mortificada".

— Você é cheio de problemas, não é, Rodrigo? — Ela puxa o braço, que eu solto sem oferecer resistência.

Dou de ombros e enfio as mãos nos bolsos da calça de uniforme azul-petróleo.

— Eu só precisava conversar com você.

— No banheiro masculino?

Ela me encara com os olhos castanhos sérios.

— É.

Coço a nuca, sorrindo, e ela recua um passo.

— Bem, você sabe... Eu só queria agradecer por ontem à noite.

Quando Alice arregala os olhos, percebo que ela jamais admitiria em voz alta, mas me ajudou ontem. Se antes eu tinha alguma dúvida sobre a integridade dela, não tenho mais.

— Obrigado.

Dou de ombros, e ela parece desconfortável com o fato de que acabei de agradecer por... por...

— Obrigado por levar o meu cu bêbado e perdido até a merda da minha casa.

Dou um meio sorriso significativo, e Alice fica ainda mais envergonhada, desviando o olhar. Ela não é tão alta quanto Isabelle, e calculo rapidamente que eu devo ter uns vinte centímetros a mais que ela.

— Bom, de nada — sussurra Alice.

Me viro na direção da porta, mas paro quando a ouço me chamar em um tom baixo e tímido. Como um passarinho gralhando. Uma nota dó falhando.

— Rodrigo?

Giro na direção dela, sentindo meu coração bater mais rápido do que deveria.

— Alice? — O nome dela soa como uma pergunta.

Ela engole em seco. Coça a testa. Pisca os olhos, olhando na direção de qualquer coisa, menos do meu rosto.

— Queria saber... Se você teria alguns minutos... para ir na minha casa... hoje. — Acho que era para ser uma pergunta, mas ela diz cada palavra de maneira pausada, como um robô, e acabo sorrindo com isso.

Alice volta a franzir a testa. Eu fecho o sorriso.

— Tranquilo. Você me deu uma carona pra casa ontem, posso te acompanhar até a sua hoje.

Ela assente duas vezes, o cabelo roçando o rosto. Indico a porta, e Alice caminha até mim, nossos braços se roçam de leve, mas ela não parece notar. Sinto os cheiros de hortelã e baunilha do cabelo dela e dou um sorriso para os meus tênis quando ouço a porta se fechar.

O dia termina sem grandes acontecimentos, e Caíque ainda está emburrado comigo. Então, quando o sinal de saída toca, ele sai na frente, me abandonando. E Wes ainda está bancando o Romeu sofredor enquanto Teresa finge ignorá-lo.

Guardo meu material em silêncio, ignorando o Monstro Cinza que se agita dentro de mim, coloco a mochila nos ombros e caminho na direção da saída, chutando uma pedrinha. Odeio terça-feira. É o dia com mais aulas de humanas, e não sou bem um fã assíduo de leituras. Ler é bem desconfortável, na verdade, principalmente por causa da dislexia e da minha total incapacidade de focar.

Alice já está me esperando quando saio pelos portões. Nossos olhares se trombam, e é um pouco constrangedor, então tento abrir um sorriso para amenizar a situação, mas ela faz uma careta. Eu meio que entendo. De alguma maneira, vê-la me faz... Bem, me faz pensar não em Alice, mas em outra garota. Ficamos parados, um em frente ao outro, perto da saída da escola. Primeiro, ela franze a testa. Depois, o nariz. Uma careta completa de confusão e receio. Não sei o que falar, já que foi ela que me convidou, então espero. Troco o peso do corpo de um pé para o outro. Quando pigarreio de leve, ela finalmente relaxa o rosto.

Ela me lança um olhar estranho, e vejo que abre a boca para fazer um comentário, mas logo a fecha. O silêncio é desconfortável. Sabemos que algo está faltando. *Alguém*. E é uma falta maior do que apenas presença física — é também pensar no que ela diria, no que arranjaria para fazermos depois da aula, na piada que contaria para quebrar essa tensão esquisita.

Começamos a caminhar.

Alice Castello, rainha do silêncio, anda com passos vagarosos ao meu lado. Ela coloca uma mecha violeta atrás da orelha, coça o nariz, desvia o olhar. Sei que é tão desconfortável para ela quanto para mim e, bem, tirando... Isabelle..., não imagino por qual outra razão ela me faria um pedido tão inusitado.

Elas não eram nada parecidas. Tento me impedir de comparar as duas, mas o pensamento vem rápido. Fisicamente, elas não poderiam ser mais diferentes. Isabelle era branca, uns cinco centímetros mais alta que Alice, cabelo liso, longo e preto. Sem franja. Corte reto. Alice tem o cabelo multicolorido, olhos de um tom castanho quente, o rosto mais redondo. Sei que os avós dela vieram para o Brasil das Filipinas e sei que ela é uma das poucas pessoas de descendência asiática da cidade.

Rostos diferentes, histórias diferentes, famílias diferentes. Isabelle era sempre... expansiva. Como um pião rodando a todo momento. Ela falava até mesmo quando não sabia o que dizer.

Já Alice... Olho para ela de novo.

Sei pouca coisa sobre ela. Sei o que todo mundo sabe, porque as duas únicas pessoas próximas dela eram Isabelle e, claro, Jonas. Nós orbitávamos ao redor de Isabelle, mas nossos caminhos quase nunca se cruzavam diretamente. Estávamos cada um de um lado de Isabelle, sem nunca olhar de verdade um para o outro. Alice parecia fazer questão disso, então eu tentava não ultrapassar linhas tão óbvias.

— Como você está? — falo de repente.

A pergunta choca a nós dois, e Alice não me olha, mas responde:

— Confusa.

Relaxo o rosto ao ouvir isso.

— Eu... — Ela faz uma pausa. — É muita coisa acontecendo.

Concordo uma vez com a cabeça. Sei. Consigo entender "confusa" e "muita coisa acontecendo".

— As pessoas esperam que eu esteja triste o tempo todo. Eu não sei se faz sentido, mas eu *queria* estar triste o tempo todo, porque seria mais fácil. Mas tem dias e dias... né? E quando eu faço algo inesperado, sinto todo mundo olhar na minha direção e fico imaginando o que estão pensando quando eu sorrio ou pareço emburrada. — Ela hesita. — Desculpa.

— Pelo quê? — pergunto, um pouco surpreso.

Ela chuta uma pedrinha solta do asfalto e dá de ombros.

— Acho que falei demais. — Alice respira fundo. — Ou talvez eu tenha falado de menos. Sei lá. Eu ando cansada de tentar acompanhar o que todo mundo espera de mim.

Ah.

— E você? — pergunta Alice, de repente. — Como você está?

— Confuso — falo, e isso faz com que ela me olhe nos olhos. — Mas acho que... todo mundo... está sendo mais gentil comigo.

— É porque você perdeu o amor da sua vida.

Ela soa estranha, e eu não sei o que falar.

— Sinto muito pelo seu irmão, Alice. E pela Isabelle. Sei que você a amava... muito.

Alice coça a testa, bagunçando a franja de leve, e a vejo engolir em seco, parecendo engolir também o que gostaria de dizer.

— Sinto muito — repito, porque ela não parece saber o que responder.

Alice assente três vezes, então alisa a camiseta, como se procurasse algo para se concentrar que não seja eu. Andamos mais alguns minutos em silêncio e, quando chegamos na rua da casa delas — *delas* não, de Alice —, quando chegamos na rua da casa de Alice, eu a acompanho, as mãos nos bolsos da calça para que ela não veja que estou tremendo.

Sinto gotas de suor se formarem em minha testa. Alice me olha por um momento quando paramos na calçada em frente ao portão da casa dela. O muro baixo é muito mais uma delimitação do que uma proteção e foi pintado de um azul-celeste que já está desbotando. Ela abre o portãozinho de ferro e faz um sinal para que eu entre.

Quando ela se vira para abrir a porta da casa, começo a ficar nervoso. De verdade.

— Fica aqui — diz ela, ainda olhando para os próprios tênis.

— É rapidinho, eu já volto.

Ela entra, me deixando parado ali.

Não olho para a casa do outro lado da rua, por mais que eu queira. O jardim da casa de Alice parece meio esquecido e descuidado, o gramado mais amarelado do que verde, dentes--de-leão nascendo por todo lado. Me abaixo e agarro um deles, chacoalhando-o, e ele se desmancha quase que no mesmo instante. Repito isso enquanto espero Alice voltar e conto sete dentes-de-leão destruídos pelo caminho.

Alice abre a porta e sai, se aproximando devagar, como se eu fosse um gato arisco. Quando ficamos de frente um para o outro, ela me estende o que foi buscar. Olho dela para o embrulho marrom, e ela o empurra para mim.

— O que é isso?

— É... — Ela pigarreia. — Estava no armário da Isabelle. Os pais dela me entregaram algumas coisas, mas não sabiam o que fazer com isso. Quer dizer... eles meio que me pediram pra te... entregar.

Luto para me mexer, os olhos vidrados no embrulho. Se eu estava me sentindo nervoso antes, agora parece que vou entrar em ebulição a qualquer momento.

— Pega. — Alice mantém os braços estendidos, me analisando com certo anseio.

— Eu...

Seguro o embrulho e, sem pensar muito, desfaço o nó rapidamente, os dedos tremendo. Quando vejo a caixa, algo dentro de mim se encolhe. Uma por uma, acaricio as letras, que parecem ter sido recortadas de revistas.

Para Rodrigo,
que precisa se lembrar
de que se perder dentro de si mesmo
também é se encontrar.

— É minha? — pergunto, a voz soando mais rouca do que eu gostaria.

Estou a cinco passos do fim do mundo. Mais um e mergulho em algo que não tenho certeza de que é capaz de aguentar meu peso.

— Toda sua — responde ela, e sei que não consigo olhar em sua direção.

Caímos em outro silêncio, mas acho que esse é diferente. Não sinto nada além de um calor no rosto e lágrimas nublando minha visão. Se é um choque para Alice me ver chorar, ela não demonstra. Minhas lágrimas escorrem, e mordo a parte interna da bochecha enquanto aperto a caixa nas mãos.

Não espero o que vem a seguir, mas ainda assim fico grato quando Alice me puxa para um abraço desajeitado. Sou mais alto do que ela, e é um contato estranho. Nunca estive tão próximo dela assim. Uma intimidade esquisita nasce desse abraço, e sinto, no meu âmago, que ela sabe que algo dentro de mim também está partido em inúmeros pedaços. Sinto com toda a certeza do mundo que ela sabe que nunca mais vou ser inteiro.

Sinto o Monstro Cinza despertar dentro de mim outra vez. Percebo que quase todas as lembranças que tenho de Isabelle se tornaram feridas, quase todas deixaram de ser a melhor coisa que me aconteceu para se tornarem algo pontiagudo e doloroso de acessar; algo que quero esquecer. Solto Alice do abraço, e ela me dá um tapinha no ombro, como se tentasse me consolar. Penso em perguntar a ela sobre a caixa, mas reparo no cadeado que a tranca.

Alice sabe o que tem dentro? E, se souber, me falaria?

Por um tempo, acreditei que Isabelle tinha todas as respostas de que eu precisava, mas acho que eu nunca soube fazer as perguntas certas. Quanto mais olho para a caixa, menos certeza tenho do que ela pode conter.

— Obrigado — falo, e ela apenas me encara de volta.

Alice pisca devagar, os cílios úmidos. Não estamos tão fora de sintonia, eu e ela. Penso em todos os segredos que enterramos dentro de caixões junto com pessoas que amamos e vimos partir. Em todas as promessas que permaneceram e nunca poderão ser cumpridas. Penso nos desejos não realizados e nas palavras não ditas, nos corações que ficaram só pela metade.

Enquanto limpo o rastro do meu próprio choro e a deixo com o dela, chego à conclusão de que somos o tipo de pessoa que não sabe a hora de dizer adeus.

SETE MINUTOS NO PARAÍSO

Alguns dias depois, quando estou voltando da escola junto com Jonas, passamos na frente de uma árvore que Isabelle gostava de rabiscar com um compasso. Eu me sentia um pouco mal pela árvore, mas, para Isabelle, aquelas marcas durariam tanto tempo que valeria a pena.

A árvore, o compasso e o caminho da escola para casa sempre me evocam uma enxurrada de lembranças, nem todas fáceis de digerir.

Jonas e eu somos vizinhos desde que me entendo por gente e nos tornamos melhores amigos quando eu, ele e Isabelle ainda brincávamos na caixa de areia do parquinho que fica no fim da nossa rua.

Isabelle sempre adorou ser o centro das atenções, enquanto eu era a criança que se agarrava nas saias da mãe e jamais conversava mais do que três ou quatro palavras com ninguém. Quando eu apostei duas bolinhas de gude com Isabelle que Jonas não comeria uma colherada de terra, e ele acabou comendo, eu pensei que gostaria de andar com ele no recreio. Por anos, foi o suficiente.

Éramos um trio e equilibrávamos nossas falhas com nossas qualidades individuais.

— No que você está pensando? — pergunta Jonas.

Ele está carregando o casaco em cima do ombro e ajeita os óculos ao olhar na minha direção, mas apenas balanço a cabeça.

— Em umas coisas antigas.

Cutuco as cutículas de maneira nervosa e pigarreio uma vez.

— Quero ir no cemitério — digo de repente, e Jonas tropeça nos próprios pés.

— Quer ir no quê?

— No Cemitério de Santa Esperança — repito, mas dessa vez olhando para o céu. — Os dois estão enterrados lá, não estão?

— Mas...

Jonas para, e eu me viro na direção dele.

— Eles foram enterrados enquanto eu estava no hospital, né? Quero ver os túmulos.

— Não sei se é uma boa ideia — diz ele, me encarando com certa apreensão.

Eu sempre fui o cara das péssimas ideias. Mas isso não é novidade, é?

— Tá, não é mesmo uma boa ideia — concordo, e Jonas parece surpreso. — Mas eu preciso ir lá, Jota.

— Você... — Ele tira os óculos quando eu retomo a caminhada. — Vamos juntos, então.

— Eu sei.

— Você é tão estranha às vezes — murmura Jonas, logo atrás de mim, e eu rio.

— Você sabia que a expectativa de vida dos soldados russos na Segunda Guerra Mundial era de apenas vinte minutos?

— Ah, as velhas doses de cultura inútil de Alice Castello. Senti falta disso.

Ele bate no meu ombro de leve, e retribuo com um sorriso.

— A maior bobagem que você respeita.
O idiota ainda está rindo quando chegamos em casa.

— Como foi a escola hoje? — pergunta minha mãe, e dou uma olhada por cima do ombro.

Ela acabou de chegar da papelaria da qual é dona e que fica no centro de Santa Esperança. Geralmente ela não vai trabalhar às quartas, deixa uma das funcionárias cuidando da loja.

Largo uma colher dentro da pia e dou de ombros.

— Legal... — *Absolutamente entediante.* — Acho que vou ficar mais feliz na faculdade — digo, por fim, o que é uma verdade parcial.

Fiz o jantar, o que significa que vamos comer macarrão-com--alguma-coisa. O que já é uma grande evolução, porque antes era pão-com-alguma-coisa. Não sou uma exímia cozinheira.

— O cheiro está bom — murmura minha mãe, tensa.

— É só macarrão e salsicha — resmungo, colocando a mesa.

Ela está usando a roupa de trabalho: jeans e camiseta com o logo da papelaria. O negócio de papéis sempre foi ideia do meu pai. Mas, depois que ele juntou as coisas dele, colocou no nosso carro e foi embora com uma das garçonetes do único restaurante 24 horas que tem na cidade, alguém tinha que tocar o negócio e, sabe, sustentar a família.

Solto uma risadinha baixa e sarcástica.

— Hum, Alice? — chama ela, e eu me viro.

Ainda estou usando a calça do uniforme escolar, e meu cabelo está preso em um rabo de cavalo firme, mas sujei a frente da blusa com molho de tomate.

— Oi?

— Encontrei o Jonas agora há pouco. — Ela não me olha nos olhos. — Ele disse...

Ergo as sobrancelhas, verdadeiramente curiosa. Minha mãe e o Jonas nunca se entenderam muito bem, principalmente pelo fato de ele ser do sexo oposto e transitar tranquilamente pela nossa casa — mais especificamente pelo meu quarto — e eu aceitar, como se não fosse nenhuma ameaça. E ele realmente não é. Mas, além disso, tem o fato de que ele é bissexual.

No começo, a reação da minha mãe ao saber disso foi um pouco truculenta. Ela tentou fazer com que ele parasse de vir na nossa casa, como se isso o tornasse uma pessoa diferente.

Só que, em algum momento, ela desistiu. Eu não dava muito trabalho, porque "dar trabalho" por si só já dava trabalho, então nunca tivemos grandes discussões. Não até o Thiago morrer, pelo menos.

— Bem, ele disse que anda preocupado com você. Que você anda um pouco... desligada.

Não faço contato visual, apenas assinto uma única vez e me viro na direção da pia, soltando o ar devagarinho.

— O que mais ele disse, mãe?

— Ele só está preocupado, Alice.

— Eu estou bem.

— *Caramba!* — De repente, ela está gritando, e eu nem sei o porquê. Quero culpar Jonas e sua boca grande por isso, mas só posso culpar a mim mesma. — Nós duas sabemos que você não está bem. *Nós* não estamos bem. Então faz o favor de tentar não ser um fardo pras pessoas e lide com os seus problemas. — Minha mãe para de gritar e leva a mão à boca, os olhos marejados.

— Bacana, mãe. — Enxugo as mãos, balançando a cabeça para afastar as lágrimas que se formaram nos cantos dos meus olhos, mas já estou sentindo um aperto sufocante no peito, e toda a minha vontade de permanecer forte por mais um dia desaba. — Bom saber que você acha isso.

— Alice...

Eu me esquivo da mão dela quando passo rumo à porta de casa. Do outro lado da rua, na casa em frente à minha, nesta rua sem saída, nesta cidadezinha do interior do Paraná, vejo a casa da minha melhor amiga.

Todas as luzes estão apagadas. Eu abaixo a cabeça, fechando a porta com força, e suspiro. Passo na frente da casa de Jonas e ando na direção dos balanços que ficam no fim da rua, junto com a caixa de areia e os outros brinquedos. Me sento no balanço azul, a respiração pesada.

Fardo, é?

A dor traz a escuridão das pessoas à tona. O que costuma ficar no fundo, quieto e adormecido, surge nos momentos de dor. Não sei se estou morbidamente feliz ou irremediavelmente triste por descobrir que eu não sou a única que está sendo consumida pela dor e pela saudade.

Me impulsiono de leve no balanço, vendo que saí na rua de pantufas e cheirando a molho de tomate. Ainda assim, não quero voltar.

Não sei se consigo.

Minha mãe acabou de jogar sujo comigo porque está frustrada, porque eu tenho alguém que se preocupa comigo, e porque, além de mim, ela só tem um ex-marido imbecil que nem ao menos apareceu no velório do filho mais velho. Esfrego os olhos, incapaz de formar qualquer pensamento coerente por causa da raiva. Continuo sentada no balanço, indo de um lado para o outro e respirando fundo algumas vezes.

— Não sabia que você ainda tinha idade para brincar em parquinhos.

Quando ergo os olhos, quase espero ver Jonas. No entanto, é Rodrigo, e minha respiração para na garganta por vários segundos. Ele está usando um calção esportivo, tênis de corrida e um moletom cinza com o capuz puxado — por mais que eu esteja suando parada.

Abro a boca, mas a ligação entre cérebro e fala foi desligada momentaneamente. Então ele se senta no balanço amarelo ao meu lado, e meus olhos pousam na casa de Isabelle.

Ah.

É por isso que ele está aqui.

— O que foi, Castello? O gato comeu sua língua?

Odeio o jeito como ele torce a boca em um sorriso condescendente ao me chamar pelo sobrenome. Odeio que seja ele ao meu lado nesse momento.

— Deixa de ser um babaca insensível, Rodrigo — murmuro, sem olhar para ele.

— Isso foi uma ordem ou uma sugestão?

Ele apoia os cotovelos nas coxas e se inclina para a frente, me encarando.

— Entenda como quiser.

Viro o rosto na direção oposta e engulo em seco. Já percebi como minha voz está soando frágil e vacilante, então Rodrigo deve ter notado também. Fica cada vez mais difícil segurar os soluços que estão nascendo dentro de mim.

— Eu sou tão mediana e previsível — falo de repente.

Ele espera minhas palavras em um silêncio ansioso de que eu nem sabia que precisava.

— Não sou boa em esportes, e minhas notas sempre estão mais ou menos na média. Não sei desenhar nem atuar, nem cantar, nem cozinhar, nem escrever.

Eu definitivamente não sou a Isabelle, penso. Ela sempre conseguia me lembrar disso. Que estávamos em níveis diferentes, que nossa amizade era nosso fator em comum, e que ela estava sempre à frente de todos, com carisma derramando em todas as direções. Ela era tudo ao mesmo tempo sempre e sempre e sempre.

— Só estou aqui — continuo. — Estou respirando, mas não estou vivendo. Eu me sinto como Plutão... Faço parte do lugar, mas não me encaixo.

Aperto os aros de metal que formam o balanço e enxugo as lágrimas que ainda estão caindo.

— Sabe a parte em que o Chicken Little grita "O céu está caindo, o céu está caindo!" e ninguém acredita, porque todo mundo acha que é só mais um alarme falso, como sempre? — Olho para o céu acima. — Meu céu ainda está caindo, Rodrigo, e ninguém além de mim consegue ver.

Silêncio.

Um silêncio gritante transborda entre nós, mas ainda não estou preparada para olhar nos olhos dele.

— Você sabia que os pais da minha mãe vieram das Filipinas para o Brasil?

Rodrigo não desvia o olhar do meu rosto, mas faz que sim com a cabeça.

— A minha avó morreu jovem, e o meu avô acabou não tendo muito interesse em criar vínculos com os filhos... Pelo menos é o que a minha mãe diz. Ele era um imigrante que não falava quase nada de português e trabalhava muito. Quando minha mãe se casou com o meu pai e saiu de Curitiba pra vir morar no interior, ela acabou se afastando da família... — conto, despejando as palavras com as lágrimas.

Sinto meu peito doer como nunca; nem mesmo quando acordei naquele hospital, o que parece ter sido uma vida atrás. Mas, na verdade, foi há duas vidas.

— Quando eu era pequena... achava que todas as pessoas viam o mundo da mesma forma que eu. Foi um choque descobrir que eu não me encaixava em lugar nenhum, que eu era uma pecinha defeituosa desse quebra-cabeça. — Faço uma pausa. — Eu achava que era igual a todo mundo, só que acabei aprendendo do pior jeito que não.

Continuo sem olhar para ele. Meus dedos correm para o meu pulso, e sinto algo dentro de mim se agitar. Mordo a língua, insegura, e, quando minha mente repete as palavras que acabei de dizer em voz alta, me sinto uma completa idiota.

— Se você não se encaixa em lugar nenhum, Plutão, significa que você veio pra criar, não pra simplesmente completar.

Eu quase caio do balanço quando ele termina de falar. Ao levantar a cabeça, vejo que Rodrigo está olhando para o céu com uma expressão distante.

— Seu lugar é onde você acha que pode florescer e renascer. Não se esqueça disso.

— Desculpa — murmuro, meio trêmula. — Eu não estava bem, eu só...

— Você não *está* bem — pontua Rodrigo.

Sei que ele tem razão. De qualquer forma, falei tudo o que nunca me perguntaram, tudo o que estava nadando e apodrecendo dentro de mim.

Meu celular vibra, e eu olho a mensagem que acabei de receber.

Alice, volta logo

E só.

Solto um suspiro, me sentindo culpada, estressada, cansada e um turbilhão de outros sentimentos indecifráveis — em algum momento, eles viraram um bolo de emoções amorfo, sem muita distinção. Guardo o celular no bolso.

— Dia difícil? — pergunta ele ao notar meu súbito desconforto.

— Acho que podemos dizer que sim. — Afundo no balanço.
— Desculpa. Não queria jogar tudo isso em cima de você. Não é como se a gente fosse...
— Amigo? — completa ele, abrindo um sorriso que parece cansado.
Dou de ombros.
— Tá tudo bem. Mesmo. Sou campeão invicto em ter Dias Difíceis, então imagino o que você está passando.
Rodrigo se levanta, abaixa o capuz e cutuca meu pé com o dele. A vontade que sinto é mais forte do que eu, então acabo deixando um sorriso escapar.
— Às vezes, você só precisa de alguém pra te ouvir. Não alguém pra te prometer que vai ficar tudo bem. Se precisar repetir a dose...
— Ele faz uma pausa, e quase consigo ver as engrenagens dentro da cabeça dele rodando. — Pode me mandar uma mensagem.
Ergo as sobrancelhas, surpresa.
— Não tenho seu número — respondo, e ele estende a mão vazia.
Entrego meu celular, sem muita relutância, e, antes de começar a digitar, ele também me entrega o dele. Anoto meu número e o espero digitar com calma. Enquanto ele está distraído, eu reparo nas suas olheiras e em como emagreceu no tempo em que fiquei fora da cidade. Ele parece cansado, perto de um nível de exaustão. Quando me devolve o celular, pega o dele de volta e ergue os olhos azuis, não abre um sorriso, mas acena.
— Boa noite, Plutão.
Ele não espera minha resposta.
As costas tensas, o passo apressado. Me pergunto o que ele sentiu ao digitar o número no meu celular.
Me pergunto, não pela primeira vez, o que Isabelle acharia disso.
— Boa noite, Rodrigo — sussurro, mesmo que ele já esteja longe demais para ouvir.

NOVE É OITO MAIS UM, VOLTE UMA CASA

A primeira vez que eu a beijei foi em uma tarde de março.

Não foi exatamente o que eu imaginava que aconteceria em março, mas foi o que março decidiu que aconteceria comigo. Isabelle, Wes, Teresa, Caíque e eu estávamos na casa da árvore, e era a primeira vez que eu abria as portas para qualquer um que não fosse Caíque ou as irmãs mais novas dele.

Teresa tinha roubado um maço de cigarros mentolados da mãe, e ela e Wes estavam fumando feito chaminés, rindo meio bobamente e se beijando com um desespero um tanto sôfrego. Me lembro de ter pensado que devia ser bom beijar alguém assim.

Caíque estava chupando um pirulito que deixou a língua dele azul, e era nossa oitava partida de Uno. Eu tinha ganhado duas; Isabelle, quatro; Wes, uma. Teresa não estava jogando.

Eu não gostava do cheiro do cigarro, mas gostava do cheiro do xampu de Isabelle. Tinha aroma de camomila, e o sabonete que ela usava tinha cheiro de limão. Ela era um pacote de coisas boas.

Isabelle estava sentada ao meu lado. Toda vez que seu braço roçava no meu e seu sorriso se virava para mim quando ela estava roubando — porque não a entregava nenhuma vez —, eu só conseguia sorrir de volta. Ela tinha um milhão de estrelas no rosto, sardas salpicadas como açúcar e uma falha na sobrancelha esquerda — ela sempre ficava paranoica se alguém olhasse tempo demais para o seu rosto, achando que a pessoa estava só vendo aquilo.

Ela chupava balas de cereja, e era esse o gosto da sua língua quando Teresa nos deu sete minutos no paraíso. Não sei se foi Isabelle quem pediu ou se Teresa simplesmente era perceptiva, mas, quando eles nos deixaram a sós, Isabelle empurrou as cartas do jogo para longe, sentou no meu colo e passou os braços pelo meu pescoço. E, naquele momento, tudo o que consegui pensar foi como eu era sortudo.

O primeiro beijo foi curto, como um suspiro.

O segundo foi o bastante para que ela gemesse contra a minha boca e eu chamasse seu nome como uma prece proibida. Quando chegamos no terceiro, as mãos dela me seguravam como se eu fosse a única coisa entre ela e o abismo do universo.

Eu não contei o total de vezes que a beijei, mas talvez devesse ter contado. Assim eu saberia quantas vezes fomos capazes de parar o tempo.

Agora, tudo o que resta dessa garota que amei é anacronismo e saudade.

Um nome só é um nome se existe alguém do outro lado para responder. Ele deixa de significar alguma coisa quando você chama e tudo o que tem de volta é a propagação do vácuo no espaço.

Estou pensando na caixa quando sou arremessado no chão da quadra de futebol e solto um grito de dor involuntário.

A *caixa*. A caixa, repito. Não é *uma* caixa, é *a* caixa. Mesmo quando tento não pensar nela, acabo pensando. É como dizer para mim mesmo para parar de respirar e em seguida soltar um longo suspiro.

É impossível.

A caixa ainda está trancada em cima da minha mesa de cabeceira desde o dia em que a recebi, esperando uma senha que não tenho. Não me parece justo quebrar o cadeado. Se Isabelle o colocou ali, significa que eu sei a sequência de números para abri-lo. Mas, depois de tentar meu aniversário, o nosso aniversário de namoro, o aniversário dela e mais algumas datas que poderiam ser importantes, além de número aleatórios como "1234" e "0000", desisti, frustrado, e com um cadeado fechado.

Ainda estou pensando nisso, na caixa de Isabelle, caído no chão. Caíque para na minha frente, enxugando o suor do rosto, e se inclina na minha direção.

— Ei! Tudo bem aí, cara?

Ergo os olhos, irritado, aceitando a mão que ele me estende, e Caíque me iça do chão com facilidade.

— Quem foi que me acertou? — pergunto, e Caíque coça a nuca, meio sem graça.

— Hum, foi o Wes. Mas você está todo aéreo hoje, Casagrande.

O professor assopra o apito, indicando que nossa aula de educação física acabou, e todos os outros caras do meu time me dão tapinhas nas costas.

— Tudo bem, Rodrigo. É só um jogo.

Caíque passa um braço suado e fedorento ao redor dos meus ombros e, quando viro o rosto para ele e ficamos cara a cara, ele faz uma careta. Sorrio, me livrando do seu braço, e manco na direção do banheiro.

— Ih, Rodrigo... Vai chorar? Foi só uma ralada de leve. — Wes balança a bunda suada na minha direção, e eu mostro o dedo do meio. — Ah, cara! Qual é?! Espírito esportivo.

Não estou zangado por perder. Estou zangado pela porrada que levei. Faço uma careta na direção de Wes, que tensiona os ombros, e Caíque dá uma palmadinha no meu pescoço, como se eu fosse um filhote de cachorro malcriado.

— Ignora ele.

Caíque caminha ao meu lado, calmo e relaxado, mas sinto todo meu corpo irritado, ouriçado. O Monstro Cinza arranha minha pele de dentro para fora, como se quisesse sair — como se eu fosse pequeno demais para abrigar nós dois.

Estou ofegante enquanto caminho devagar. Ao passarmos pela quadra de vôlei, meus olhos correm por todos os rostos femininos do terceiro ano do nosso colégio. Mas não a acho em lugar nenhum.

— O Wes fica um porre quando ganha — resmunga Caíque, mais para si mesmo do que para mim. Mas ainda assim fala alto o suficiente para que eu escute.

— Não é minha culpa se a namorada deu um pé na bunda dele — digo e em seguida solto um assobio agudo que faz metade das garotas olhar na minha direção. — Ei — chamo, acenando como um marujo feliz por finalmente poder gritar "terra à vista". — Alguém viu a Alice Castello?

Conto as letras do nome dela na cabeça. São treze no total. Não sei por que faço essa conta, mas faço. Um número ímpar. Treze. Equilibrado. Combina com ela, na verdade.

— A Alice não estava se sentindo bem — informa uma garota da minha sala, enrolando a rede de vôlei, e todas as outras me

lançam olhares com grandes pontos de interrogação na testa. Endireito as costas. — Está na diretoria, provavelmente.
— Certo.

Quando me viro, quase bato de cara com Caíque. Os olhos escuros dele estão me sondando, fervendo de curiosidade. Se estivéssemos dentro de um quadrinho, eu poderia ver as engrenagens trabalhando dentro da cabeça dele e a fumaça saindo pelas orelhas.

Só espero que ele não entre em curto-circuito também.

— O que foi isso, Casagrande?

— Hum... nada. — Desvio dele rapidamente, esperando que não note meu desconforto.

— Nada o meu...

— Sério, Caíque. Não foi nada. Para de surtar.

Mesmo assim, não olho nos olhos dele, e nós dois sabemos que estou mentindo.

Isso *definitivamente* foi alguma coisa.

Caíque e eu entramos nas cabines do banheiro masculino e ficamos em silêncio enquanto trocamos os calções esportivos pelas calças de uniforme tradicionais. Consigo ouvir meu amigo idiota passando desodorante logo ao lado.

— Eu andei pensando — começo a dizer, olhando para os meus braços nus e brancos, e só recebo um "hum" da parte de Caíque. Me apoio na porta e coloco um pé em cima da tampa da privada fechada. — É sobre a Isabelle.

A porta do banheiro se abre, e ouço a voz de alguns dos caras que estavam jogando com a gente, as torneiras sendo abertas. Enquanto isso, Caíque permanece em silêncio.

— É a primeira vez que você diz o nome dela depois do acidente — diz ele, por fim, e mesmo com o barulho da água caindo, eu consigo ouvi-lo.

Olho para o meu All Star velho e gasto, rabiscado com marcador preto permanente, e percebo que ele tem razão. Ainda assim é estranho.

Essa garota que partiu... ela ainda vive dentro do meu coração, ainda permeia meus pensamentos em todos os momentos. Apesar disso, falar seu nome em voz alta é como uma punição por ficar enquanto ela não está mais aqui.

Talvez assim tudo fique mais fácil.

Talvez se eu não falar o nome dela em voz alta... não se torne verdade.

— Eu sei — respondo e cubro os olhos com o braço, batendo a cabeça de leve na porta de madeira e suspirando.

— Casagrande.

— Oi.

— Eu estou aqui. — Caíque não fala nada por alguns instantes, mas eu sei o que ele está tentando me dizer. — Eu continuo aqui, cara.

— Eu sei. — Sorrio para o nada e acho que, se pudesse, Caíque teria me abraçado. — Eu sei.

E sou grato por isso. De verdade.

Não preciso falar essas sete palavras em voz alta. Ele sabe disso. Eu sei disso. É o suficiente para nós.

— O que você tem pra falar sobre ela? — Caíque soa meio hesitante, e acabo me tocando do quão ridícula é essa situação, mas ainda não estou pronto para sair de dentro desse banheiro e encarar o mundo real de novo.

Me permito ficar por ali, mesmo que os cinco minutos de troca de roupa que o professor nos deu já estejam esgotados.

— Ah. Então. Ela me deixou uma caixa... A Alice que me entregou, uns dias atrás. Mas tem um cadeado, e eu não faço ideia de como abrir.

— *Nossa.*

— É.

— Você nem desconfia do que pode ser?

— A gente ia fazer um ano de namoro... Bom, enfim. — Finalmente abro a porta e vou até as pias. — Acho que pode ser algo assim. A Isab... Ela sempre gostou de coisas assim.

Sorrio de forma nostálgica para o meu reflexo e, pelo espelho, consigo ver Caíque abrir a porta e sair do cubículo, vestido, mas ainda suado. Isabelle amava enigmas, tanto que se transformou em um dentro de mim.

— Sei. — Ele não soa desinteressado. Pelo contrário, as sobrancelhas franzidas são um sinal de que está pensando em algo para me ajudar.

Lavamos o rosto sem muita pressa, e quando ele me oferece a toalha para me secar, eu aceito. Caíque se recosta na pia e leva as mãos aos bolsos, o olhar fixo na porta do banheiro.

— Você pode falar com a própria Alice sobre isso. Ela deve saber alguma coisa sobre a caixa.

Quando Caíque termina de falar, a presença de Alice parece se materializar. Eu me apoio na pia e me lembro da garota que chorou do meu lado ontem, cuspindo coisas que provavelmente nunca falou para ninguém.

Coisas que parecia estar cansada de carregar.

— É — murmuro depois de alguns segundos de silêncio. — Faz sentido.

Se eu perguntar com jeitinho, aposto que Alice vai me contar o que sabe sobre a caixa. Talvez até tenha ajudado Isabelle com a construção daquele monstrinho. Talvez saiba a senha do cadeado.

Penso no abraço desajeitado que trocamos quando ela me entregou o embrulho.

Certo. Consigo fazer isso. Consigo falar com a melhor amiga de Isabelle sobre isso.

— Obrigado, cara. — Estendo a toalha para Caíque, mas ele não me olha nos olhos, apenas a pega de volta e assente, distante.

— É só uma toalha. Pode ir na frente, eu já vou indo — diz ele, a voz soando meio rouca.

Dou uma última olhada por cima do ombro antes de sair, mas não consigo entender a expressão de Caíque.

— Tá legal. Te vejo na sala. — Aceno, mesmo que ele não esteja olhando para mim, e saio do banheiro.

Todos os outros alunos do terceiro ano já estão em suas respectivas salas, mas eu acabo perambulando pelos corredores, tentando lembrar como era… como era ouvir a voz dela.

Alguns detalhes já estão se perdendo, como se eu estivesse acordando de um sonho e as imagens fossem se misturando como memórias vagas, não lembranças importantes que são praticamente tudo o que tenho dela.

As unhas dela eram quadradas. Isabelle nunca as pintava. Ela só usava cremes que não fossem testados em animais e raramente usava maquiagem. Era uma péssima mentirosa, sem dúvida, mas, por ironia do destino, era uma atriz fantástica. Às vezes, brincávamos de "e se".

E se você ganhasse um milhão de reais?
Eu iria embora daqui.
E se nos casássemos amanhã?
Seria embaixo do velho salgueiro do cemitério.
E se tivéssemos filhos?

Com certeza teriam os olhos do pai e a beleza e a inteligência da mãe.

Tinha dias que ela lia poesia. Não sei de onde tirava aqueles livros velhos, mas nunca os achei na biblioteca da cidade. As meias dela nunca eram brancas ou cinza ou pretas. Eram coloridas, amarelo-vivo e azul-neon. Ela era feita de coisas bobas e ínfimas assim.

Só que outras coisas não são mais tão claras. Como a voz dela ou sua altura. Às vezes, olho algumas fotos ou ouço um áudio aleatório das nossas conversas, mas não chega remotamente perto de acender algum tipo de identificação em mim, e ela está se tornando muito menos que um fantasma. Ela está se esvaindo como areia entre meus dedos.

Ela está se tornando uma estranha.

Consigo fracassar até mesmo nisso. Em mantê-la viva dentro de mim.

Isabelle.

Perder ela em um dia ensolarado foi uma piada infame e talvez a Morte tenha um senso de humor mórbido. Ela errou ao levar Isabelle e deixar todos que a amavam para trás.

Agora, tudo o que resta são pessoas ocas, almas vazias e corações pesados.

Pedaços quebrados de algo maior e melhor.

Pedaços quebrados que não conseguem se encaixar em lugar nenhum.

Começo a mensagem de um milhão de maneiras diferentes.

Fico imaginando o que Alice vai dizer se receber um "oi". Muito curto, formal demais. Um "oiii" não ajudaria, porque ela pode achar que estou forçando uma intimidade que não temos. Um "e aí?" seria meio deslocado. Uma figurinha de gatinho? Um gif de bom-dia com flores? Um áudio de cinco segundos falando "Oi, sou eu, o Rodrigo"? Aperto várias teclas, frustrado. Ando pelo quarto e acabo jogando o celular em cima da cama. A caixa, ainda trancada, continua em cima da minha mesa de estudos — não muito distante dos meus rabiscos inacabados nem muito perto dos meus gizes pastel. Quando meu celular vibra com uma notificação qualquer e eu o pego, percebo que enviei um "ausqklskaoqle" para Alice.

E ela leu.

E está digitando uma resposta.

Droga, merda, saco, inferno, que *ódio*.

É sábado.

A resposta dela pipoca na tela, a conversa ainda ali. Alice vai ver que li a mensagem assim que ela mandou.

Alguns instantes e então:

7h50.

Leio essa mensagem respirando fundo. Meu Deus, como eu me odeio.

Oi, desculpa, é o Rodrigo
Queria saber se vc vai fazer algo hj

Alice está digitando.
Alice permanece digitando por um bom tempo.

Alice está digitando quando eu resolvo tomar banho enquanto espero a resposta. Alice ainda está digitando enquanto como um pão na chapa, com café preto — sem açúcar — e leite. E Alice está digitando quando volto para o meu quarto e fico gastando o chão, andando de um lado para o outro.

Quando Alice responde, são apenas quatro palavras.

Não vou fazer nada

Passo os seis minutos seguintes pensando no que responder. Quando escolho o emoji de peixe e envio para ela, Alice me devolve uma sequência de pontos de interrogação.

Passo na sua casa em 10 min
E vc vai precisar da sua bicicleta

Antes de chegar na casa de Alice, eu a avisto parada na calçada, a bicicleta encostada no muro baixo. O cabelo colorido escondido debaixo de um boné verde-militar, e ela está vestindo uma regata branca que deixa os braços à mostra, um short jeans folgado e tênis.

O rosto está neutro quando me aproximo.

— O que é isso? — Ela aponta para a mochila nas minhas costas.

— Almoço — respondo, apertando o freio e apoiando um pé no chão para me equilibrar. — Sua mãe não está em casa?

Ela faz que não com a cabeça.

— Você avisou que vai sair?

— Claro que avisei — diz ela, mas remexe na barra da regata de maneira nervosa. — Na verdade, só comentei que ia dar uma volta. Não falei aonde eu ia. — Ela lança uma olhadela nervosa na minha direção. — Posso perguntar aonde nós vamos?

— Ah. — Coço o queixo de maneira despretensiosa e dou um sorriso de leve. — Achei que o emoji de peixe bastasse para te dar uma dica.

— Sou um pouco lenta. — Ela monta na bicicleta e me lança um olhar que parece cheio de expectativas. — Mostra o caminho.

— Bom... — Abro um sorrisinho. — Vamos pescar. Espero que você tenha trazido repelente.

Ela parece horrorizada.

— Pescar?

Começamos a pedalar.

Atravessamos Santa Esperança. Alice pedala ao meu lado. No começo, não conversamos. Parece que nenhuma palavra, nenhum pensamento, é forte o suficiente para quebrar as paredes que nos prendem. Quando lanço olhares na direção dela, fico imaginando o que se passa em sua mente. Então faço uma pergunta.

— E o Jonas?

— O que tem o Jonas? — pergunta, parecendo na defensiva.

— Nada — falo no mesmo instante. — Na real, queria saber se você falou pra ele...

— Que ia sair com você?

Ela aperta os olhos, pedalando de maneira suave. As ruas silenciosas e pacatas ao nosso redor logo se transformam em paisagem esporádica. Quanto mais pedalamos, mais elas ficam para trás.

— Não. Não cheguei a comentar com ele.

— Ah — solto, surpreso. Suor quente escorre pela minha nuca.
— Por que a pergunta? — Ela me olha, e dou de ombros.
— É que vocês são amigos *amigos*.
— Sim.
— Ele até te levou na última Festa Secreta.

Dessa vez, ela demora para responder, e, quando a olho, Alice dá de ombros.

— Só... sei lá. Sei lá.

Droga. Essa coisa de puxar assunto é mais difícil do que eu imaginava. Penso no assunto em comum que temos e que é a única coisa da qual quero falar. Pigarreio e coço a nuca, pedalando mais devagar. Se Alice percebe, não diz nada. Ela segue em frente, mesmo que não saiba o caminho.

— Falta muito? — pergunta ela, na minha frente.
— Uns cinco minutos? — Consulto meu relógio. — Você está fazendo bem menos perguntas do que imaginei que faria.
— Ah...

Ela freia bruscamente, e quase trombamos. Acabo freando de maneira desajeitada, e Alice arruma o boné, virando a aba para trás para me olhar nos olhos. Vejo que ela está brilhando de suor.

— Você quer que eu te faça perguntas?
— Você *pode* fazer perguntas — comento, desviando o olhar.
— Se quiser, é claro.
— Claro — repete ela e se ajeita no banco da bicicleta de novo. — Bom, vamos lá. Temos cinco minutos, e esse silêncio todo está me deixando ainda mais ansiosa. — Ela faz uma pausa. — Rodrigo, eu não...

Ela me olha, e eu recomeço a pedalar. Alice faz o mesmo. Logo a estrada de asfalto se torna uma estrada de terra, batida e vermelha, poeirenta e repleta de pedregulhos. Penso em falar para ela tomar cuidado, mas acabo mordendo a língua. Não confio em mim mesmo para falar nada.

— É sobre a Isabelle — solta ela, depois de alguns instantes.

Sinto meu rosto ficar quente e sei que não é do calor. A voz dela não vacila em nenhuma palavra. Queria entender como ela faz isso. Como não hesita.

— Não tem problema falar dela comigo.

Penso nessas palavras em silêncio.

— Por aqui — digo, descendo da estrada de terra para um carreiro entre as árvores, uma trilha no meio do mato.

Ela me segue sem hesitar, freando de leve. Começamos a descer.

— Você já veio nesse rio?

— Todo mundo já veio nesse rio — responde Alice.

Solto o freio e deixo a bicicleta descer e pegar velocidade.

— Rodrigo!

Ela chama meu nome e solta um grito agudo. Não olho para trás, porque tenho certeza de que, se eu fizer isso, ou ela some ou eu acabo estatelado no chão. Quando começo a frear, já estou avistando o rio que foi apelidado de Ponto da Pedra.

É um rio de água gelada, repleto de pedras. As partes perigosas e mais fundas, onde não dá para ficar de pé, foram sinalizadas com bandeiras vermelhas. Quando paro, já estou perto das pedras, e vejo que Alice desceu da bicicleta vários metros atrás de mim.

— Você é maluco! — grita ela, ofegante por causa do susto.

— Completamente doido! Por que soltou o freio daquele jeito?

— Pra sentir o vento no meu cabelo.

Balanço a cabeça e desço da bicicleta, soltando-a no chão. Alice faz o mesmo com a dela e se aproxima, tirando o boné.

— Eu tinha tudo sob controle.

— Claro que tinha — diz ela, o rosto retorcido em uma careta. — Meu Deus.

— É — concordo, e ela para na pedra lisa e marrom-escura que dá diretamente para o rio.

Com o sol brilhando direto na água, o rio parece ser formado por um milhão de pedacinhos de espelho reluzentes.

— Eu trouxe água — comento casualmente.

— Eu aceito — diz ela na mesma hora.

Pego nossas bicicletas, as levo até uma das árvores próximas ao fim da trilha e as deixo encostadas, uma ao lado da outra. Então, me sento na sombra mais próxima e pego as garrafas de água. Meus olhos vislumbram a caixa no fundo da mochila. Trancada e intocada.

Jogo uma das garrafas para Alice, que a pega meio sem jeito.

— Achei que a gente ia pescar. — Ela toma longos goles da garrafa. — Ou... foi só uma desculpa?

— Não — falo, observando o rosto dela com atenção.

A pele marrom-clara brilhando de suor, os olhos castanho--escuros. O cabelo dela está engraçado, bagunçado por causa do vento e do boné.

— Hmm, não foi uma desculpa. Tem varas de pescar aqui perto. O Caíque construiu um puxadinho para elas, e a gente pode cavar para pegar minhocas.

— Você quis dizer que *você* pode cavar para pegar minhocas, né? — diz Alice, e demoro para perceber que ela está tentando ser engraçada.

Bufo pelo nariz.

— Tenho mãos de artista. — Ergo as mãos na direção dela, balançando os dedos. — Não lido bem com terra, mas posso abrir uma exceção e fazer o trabalho duro pra você. Dessa vez.

Alice solta uma risada e usa um elástico preto que estava em seu pulso para fazer um rabo de cavalo firme, prendendo o boné mais uma vez com a aba para a frente.

— Senta aí. — Aponto com a cabeça para o lugar ao meu lado. — Vamos recuperar um pouco o fôlego antes de pescar.

— Você é bom pescando?

— Meu sobrenome não é Paciência — comento, puxando um matinho comprido que está roçando na minha perna. — Sou péssimo nisso.

— Então por que me chamou para vir junto?

— Bom... — prolongo a palavra, e Alice me encara com atenção. — Eu precisava mesmo de uma desculpa.

Ela aperta os olhos, e quase consigo ouvir seus pensamentos gritarem "Eu sabia!".

— Mas em minha defesa... Imaginei que você fosse gostar de ter essa conversa em um lugar mais privado.

— O meio do nada me parece um bom lugar para termos essa conversa, então... — comenta, e enrolo o matinho que arranquei no dedo indicador.

— É sobre a caixa. Da Isabelle.

Puxo os joelhos até o peito e apoio a bochecha esquerda neles, olhando diretamente para Alice. Ela pisca devagar, como um camaleão. Daria meu reinado de tristeza em troca dos pensamentos dela nesse momento.

— Sei — diz Alice, a voz neutra, o rosto vazio.

— Eu não consegui abrir — confesso, os olhos percorrendo o rosto dela. — E fiquei... um pouco... decepcionado, eu acho.

— Com ela?

— Comigo mesmo.

— Ah.

Mais uma dose de silêncio, dessa vez tomada em pequenos goles de água entre nós dois. Uma brisa gelada passa, balançando o rabo de cavalo de Alice.

— Queria saber se você... pode me ajudar com isso.

Alice é a primeira a desviar os olhos. Ela os fixa na superfície do rio e passa os dedos pelo rosto uma, duas, três vezes. Percebo que está acariciando a cicatriz do dia do acidente — que está quase imperceptível.

— É isso mesmo que você quer? — pergunta ela, a voz mais baixa. — Que eu te ajude a abrir essa caixa?

— Se você puder e quiser, sim — respondo, sentindo a ansiedade tomar conta de mim. Não achei que fosse ficar tão nervoso. De repente, imagino Alice dizendo "não", nós dois aqui, na beira de um rio, em um sábado abafado. — Péssima ideia?

Alice não reprime o sorriso.

— Posso *tentar* te ajudar. Não quero que você crie... esperanças.

Franzo a testa. Espero ela falar mais alguma coisa, mas, depois de instantes de silêncio, percebo que não vai dizer mais nada.

— Ok. — Estico as pernas e então me coloco de pé num movimento só. — Combinado.

Estendo uma mão para ela, e Alice a olha, parecendo receosa. Quando segura a minha palma, eu a levanto. Alice espana a parte de trás do short e estreita os olhos para mim.

Abro um sorriso.

— Pronto para as minhocas?

Não é muito difícil achar minhocas.

Empurro pedras e tocos de madeira e caço algumas, colocando-as dentro de um pote de plástico. A cerca de uns trinta passos de onde deixamos as bicicletas estão as varas de pescar de Caíque. São simples e feitas à mão, mais para brincar no rio do que de fato pescar. A família de Caíque tem muito mais dinheiro que a minha, e os pais dele ganham bem o suficiente para que ele possa comprar varas de pescar *de verdade*. Mas acho que, se ele comprasse uma, não teria a mesma graça.

Quando jogo uma minhoca na direção de Alice, ela faz cara de nojo, mas não se afasta, e eu solto uma risada. Eu a ensino a prender as minhocas no anzol e a levo até uma parte do rio onde Caíque e eu costumamos passar horas tentando pescar alguma coisa. Nossas tentativas geralmente são frustradas por mim, que acabo perdendo a paciência e me distraio com facilidade.

Quando noto, estou fazendo perguntas para Alice Castello, e ela está respondendo todas. Mas não é só isso! Ela está me perguntando coisas também. Ela quer saber sobre o velório. Não é exatamente meu assunto favorito, mas respondo. Lembro de ter visto a coroa de flores que a mãe dela enviou para Isabelle em nome da filha. Acho que ela nota o meu desconforto para responder, porque logo troca de assunto.

— Vestibular? — pergunta, como se estivéssemos jogando um pingue-pongue de perguntas.

— Artes — respondo, e isso a faz tirar os olhos do rio e me encarar.

Sentados em uma das pedras, metade do corpo no sol, metade na sombra, eu a vejo fazer uma cara surpresa.

— Artes tipo... Cinema? Ou artes...

— Artes Visuais — explico. — Tipo licenciatura.

— Você quer ser professor de Artes? — Dessa vez, ela não consegue esconder a surpresa na voz.

— Tem algum problema?

— Ai, meu Deus, não. — A risada dela é meio rouca, e os olhos se fecham quando ela ri. — Eu vou prestar vestibular pra Administração... Ouvi por meses minha tia comentar que era o curso de quem não sabe o que quer fazer, então não vou julgar a sua escolha. — Ela franze os lábios. — Uau. Artes Visuais.

— Bom... Eu também não imaginei que você faria Administração.

— Sou uma pessoa prática — comenta ela, trocando a vara de pesca de uma mão para a outra. — Com sonhos práticos.

Trocamos um olhar, e sei que ela está pensando algo muito próximo do que eu estou pensando.

— E quais são os seus sonhos práticos, ó Senhora Eu-Sou--Prática?

Vejo Alice engolir em seco. Ela começa a brincar com as próprias mãos, como se tentasse estalar os dedos.

— Não é pra rir — pede ela, ainda alongando os dedos, os olhos voltados para o rio. — Mas eu queria abrir um sebo.

— Um sebo — repito lentamente. — De livros?

— Hum, dã? — Ela solta uma risadinha, mas parece soar tímida. — Com um café.

— Um sebo-café.

— É. Um sebo-café.

— Aqui em Santa Esperança? — pergunto, erguendo uma sobrancelha.

Bom, realmente não tem nenhum sebo ou café aqui... O mais próximo que temos disso são as duas padarias que ficam no centro, uma em frente à outra. Eu costumo comprar meus quadrinhos pela internet, porque é o jeito mais prático. Um sebo-café. Parece uma boa ideia.

— Não sei. — Ela dá de ombros. — Provavelmente não. Eu não quero... Sabe? Morar aqui para sempre.

— Ah. — Faço que sim e abro um sorriso. — Tô ligado.

— E você, quer ser professor de Artes em Santa Esperança?

Lanço um olhar indignado na direção dela, e Alice ri de novo.

— Claro que não — responde, antes mesmo de eu abrir a boca, e estica as pernas. — É, acho que entendi o que você quis dizer com perder a paciência. Tô morrendo de fome.

Comemos os sanduíches que fiz, de frango desfiado, cream cheese, cenoura ralada e cogumelos. Ela não faz nenhuma careta enquanto come e agradece depois de terminar, então acho que não estava ruim. Deixamos as varas de pesca posicionadas com as linhas dentro da água e vamos dar uma volta pelo lugar.

Conversamos sobre a escola e sobre a pescaria, que nós dois sabemos que não vai dar em nada. E, enquanto exploramos ao longo do rio, cato pedras e as atiro, fazendo-as quicar na superfície da água.

— Quantos anos de sorte eu vou ter?

Atiro a pedra. *Tuc, tuc, tuc, tuc.* Depois de quicar quatro vezes, a pedra afunda.

— Quatro anos de sorte não parece muita coisa. — Alice me alcança outra pedra. — São quatro anos para a vida toda? Quatro anos diluídos? Ou quatro anos recorrentes de sorte e então sorte nenhuma?

— Você faz perguntas demais.

Atiro a próxima pedra, que quica apenas duas vezes antes de afundar na água.

— Quatro anos é melhor do que sorte nenhuma.

— Se você acha... — Alice tenta atirar uma pedra, e nós dois a vemos afundar sem quicar sequer uma vez.

Quando começo a gargalhar, ela chuta minha canela de leve.

Passa das três da tarde quando resolvemos voltar para casa. Guardamos as varas de pescar no local secreto e devolvemos para a terra as minhocas que sobraram. Voltamos morro acima, empurrando as bicicletas. Depois, seguimos o resto do caminho pedalando em sincronia, lado a lado.

Obrigado, penso. Estou ensaiando essa palavra por mais tempo do que gostaria. *Obrigado por ter vindo hoje. Obrigado por não ter me ignorado. Obrigado por não ter achado que estou apegado a uma bobagem. Obrigado.*

Quando paramos na frente da casa dela, Alice desmonta da bicicleta e bota a mão no portão. *Até logo*, eu penso em falar. *Até segunda-feira*. Nenhuma palavra toma forma, e Alice parece notar, então abre um sorrisinho.

— Obrigada, Rodrigo — diz ela, como se fosse uma despedida aceitável.

Aceno com a cabeça.

Obrigada.

Simples.

Ela entra em casa sem se despedir.

No quintal, vejo que ela chuta um dente-de-leão, que se desmancha por completo.

Chego na minha rua e dou uma olhada na direção da casa onde cresci e vivi por 17 anos, a mesma que sempre conheci. Enquanto abro o portãozinho, com uma tonelada de perguntas não respondidas, penso que, de forma geral, não foi um dia ruim.

Estar perto de Alice ainda é estranho. A cadência da voz dela, o jeito que muda de expressão e como é fácil identificar quando a risada dela está sendo sincera ou não — ela não é nenhum enigma. Às vezes, eu a peguei me encarando, as sobrancelhas escuras franzidas. Acho que, assim como eu, ela também tem muitas perguntas.

Entro em casa e me encosto na parede mais próxima, respiro fundo, sabendo o que vai acontecer. Ouço os barulhos da cozinha, e sei que minha mãe está fazendo comida.

Droga.

Isso significa que ela está triste ou chateada com alguma coisa. Significa que meu padrasto gritou com ela, a xingou de alguma coisa que com certeza ela não é ou fez pouco caso de algo que ela fez com muito esforço.

De repente, me sinto *tão-tão-tão* cansado.

É por isso que passo o menor tempo possível aqui — vou para a casa do Caíque, vou para o parque no centro da cidade, corro, estudo na biblioteca (os computadores são meio antigos e a internet é lenta, mas dá para o gasto). Às vezes, acabo pensando que talvez eu não ame minha mãe o suficiente para ficar aqui com ela e encarar tudo de cabeça erguida, mas, assim como ela, eu estou perdido.

— Rodrigo? Você chegou?

Tiro os tênis e solto a mochila no corredor antes de ir até a cozinha.

— Oi, mãe — digo, dando um meio sorriso, e ela se vira na minha direção. — Cheguei, sim.

Ela sorri, mas não é um sorriso de verdade, e isso me enfurece e me desgasta. Mesmo assim, os sorrisos falsos que oferecemos um ao outro não vacilam.

Não sei o que dizer. Não sei como ter essa conversa, e já tentei inúmeras vezes. Quando os gritos pararam de ser apenas gritos e viraram machucados roxos, eu tentei. Reuni coragem para dizer *alguma coisa* — só que sempre acabamos correndo em círculos nessa casa.

— Que bom, meu filho. — A voz dela soa frágil, e eu solto o ar assim que ela se vira para tirar a forma de dentro do forno. Os olhos dela estão vermelhos, como se tivesse chorado. Quero perguntar o que aconteceu. Respiro fundo, formando as palavras.

Mas não digo nada.

— Fiz bolo de laranja. Sei que você gosta. E aí, como foi o seu dia? — pergunta, franzindo a testa enquanto equilibra a forma quente na mão enluvada.

— Em uma palavra só?

Coço a nuca, fingindo pensar.

Ela dá uma risadinha e coloca a travessa em cima da mesa com cuidado.

— Insólito.

E, de certa forma, foi algo perto disso.

— Engraçadinho.

Então ela ri de verdade de uma coisa boba como essa, e eu me permito continuar sorrindo. Por ela.

É uma pena que pessoas boas sempre carreguem mais fardos do que merecem.

OITO JUJUBAS AZUIS

As mensagens começam alguns dias depois.

Primeiro alguns gifs de bom-dia, o que me faz rir, imaginando Rodrigo Casagrande escolhendo cada um deles. Então, passamos a trocar mensagens curtas, com ele mandando atualizações sobre os números que havia usado para tentar abrir o cadeado da caixa. Sugeri algumas datas aqui e ali. Então as perguntas começaram:

O que você está fazendo?

Tem giz de cera na papelaria da sua mãe?

Você por acaso teria um punhado de elásticos de borracha aí?
O Caíque teve a brilhante ideia de fazer um estilingue.

Ficou de recuperação em matemática com o Gerson? Eu prefiro a morte.

Não conta pra ninguém sobre o estilingue. E se alguém perguntar sobre uma janela quebrada na lanchonete da escola, você não sabe de nada.

— Você não sabe desenhar nem bonequinho de palito? — pergunta Rodrigo em uma das aulas de Artes.

Estou sentada no fundo da sala, como sempre. Jonas está com um atestado de sete dias, graças a uma conjuntivite, e assisto a Rodrigo pegar o lugar onde meu amigo geralmente se senta.

— Oi pra você também — retruco.

Caíque se senta do meu lado esquerdo, de maneira pacífica, ao contrário de Rodrigo, que vem derrubando lápis, pincéis e potes de tinta ainda fechados.

— Oi, Alice. — Ele toca a aba de um chapéu invisível e posiciona a própria tela.

— Oi, Caíque. — Lanço um olhar na direção de Rodrigo. — Viu? É assim que as pessoas se cumprimentam.

— Acho que faltei nessa aula de etiqueta — retruca Rodrigo, remexendo nas próprias tintas enquanto prepara a tela na qual está trabalhando. — Pulei direto pras aulas de carisma irresistível e charme estonteante.

— E ainda conseguiu reprovar em todas, impressionante — murmura Caíque, e Rodrigo lança um olhar indignado para ele.

No fim da aula, estou sorrindo com a troca de farpas entre eles enquanto Caíque me ajuda a organizar as tintas.

— Cadê o Jonas? — pergunta. Retiramos os aventais, dobramos e guardamos na caixa que fica no fundo da sala. — Tudo bem com ele?

— Ele está com atestado. Conjuntivite — conto, dando de ombros. — O que é meio péssimo, porque ele tinha prometido que ia no cemitério comigo.

— Hoje? — questiona Caíque, e eu faço que sim.

Rodrigo surge do meu lado de maneira silenciosa.

— Você vai fazer alguma coisa hoje, Casagrande? — pergunta Caíque, e sinto o clima mudar.

Rodrigo engole em seco e então dá de ombros.

— Você podia fazer companhia pra Alice — sugere ele, devagar.

Acho que nossas caras não estão exatamente se mostrando propícias a embarcar na sugestão.

— Ou não. Só comentando.

Me pergunto se Rodrigo contou da nossa pescaria fracassada e da caixa. Me pergunto se Rodrigo conversa com Caíque sobre como ele se sente após a morte de Isabelle. Se ele conversa com *qualquer pessoa* sobre como se sente.

— Claro — fala Rodrigo depois de alguns instantes. — Se estiver tudo bem por você, Alice.

— Tudo — respondo, mas meu coração dá uma derrapada. Eu não esperava que ele fosse aceitar. Trocar mensagens é uma coisa. Comentários aqui e ali, também. Mas ele me acompanhar até o cemitério... Não quero que Rodrigo se sinta obrigado, ainda mais se não estiver confortável. E é exatamente isso o que falo.

Tanto Caíque quanto Rodrigo me encaram, e eu troco o peso do corpo de uma perna para a outra, um pouco desconfortável.

— Ele é forte, garota. — Caíque dá uma palmada no ombro de Rodrigo, então aperta o braço dele. — Pode não ter muitos músculos, mas é um cara forte. Ele aguenta o tranco de te acompanhar até lá, mesmo que vocês precisem subir aquela estrada de pedregulho.

Em um gesto carinhoso, de levinho, Caíque puxa uma das minhas duas tranças, a que está jogada por cima do ombro. Ele bate o punho fechado no de Rodrigo e sai, nos deixando a sós. Todos os outros alunos já foram embora.

— Me manda a hora que você quer ir — avisa ele, os olhos na gola do meu uniforme, nas minhas mãos sujas de tinta, nos cadarços dos tênis dele... Em qualquer lugar, menos no meu rosto. — Até.

Meu maior medo aos 8 anos era a possibilidade de existirem monstros embaixo da minha cama.

Meu maior medo aos 13 era pensar no que eu faria depois que meu pai disse que tinha se apaixonado pela garçonete e foi embora.

Meu maior medo aos 17 são cemitérios.

Um único cemitério, para ser mais específica.

O cemitério de Santa Esperança fica no alto de um morro, com um grande salgueiro guardando a entrada, o que pode soar poético e meio melancólico, como um livro das irmãs Brontë. Mas, na verdade, é uma verdadeira tortura. A estrada até os portões não é asfaltada, e eu escorrego toda hora nos cascalhos da subida enquanto vou me xingando mentalmente por ter escolhido calçar alpargatas hoje.

— Aqui. — Rodrigo puxa algo do bolso e me estende um pacote amarelo, o rosto virado na direção do cemitério. — Comprei pra você.

Fico alguns segundos sem reagir, como um rádio velho procurando por sinal. Apenas olho para o pacote de jujubas com uma espécie de gratidão e estranheza profunda e sincera. Por fim, pego o doce da mão dele, sem muita pressa, analisando a expressão de Rodrigo.

— Obrigada.

Abro o pacote em silêncio, de forma mecânica, e então pesco cada jujuba azul. Mastigo uma delas, sentindo o gosto de erva-doce derreter e o açúcar provocar pequenas explosões nos meus dentes ultrassensíveis. Se o céu tivesse um gosto, com certeza seria esse.

Acho os silêncios meio incômodos, principalmente os que se abrem entre mim e Rodrigo, então vasculho meu cérebro à procura de algo que possa ser uma ponte. *Chega de muros*, penso. *Chega de perder tempo construindo muros, comece a construir pontes.* Só que ainda é mais fácil mentalizar do que de fato fazer. Então, acabo não construindo ponte nenhuma, apenas jogo uma corda na direção dele.

— Você sabia que existe uma cidade na Espanha que tem uma rua com um teto feito só de guarda-chuvas?

— Tipo... um teto de verdade? Ou só... guarda-chuvas lado a lado?

Ele segurou a corda. Não sei dizer se foi de forma vacilante ou com firmeza, mas o outro lado está com ele. Quero manter assim, então coloco minhas palavras em movimento.

— Tipo, lado a lado.

Olho para as lápides ao meu redor e, ao fazer isso, vou perdendo a coragem.

— Um teto feito de guarda-chuvas...

Rodrigo parece refletir e, por um milésimo de segundo, esqueço onde estamos.

Tenho 5 anos, e estamos correndo pela nossa rua sem saída. Tenho 8 anos, e Jonas pegou catapora, o que significa que Isabelle e eu também pegamos, então erguemos lençóis com vassouras e fizemos barracas, onde lemos livros com lanternas roubadas — foi a primeira noite que dormimos depois da meia-noite. Tenho 13 anos e não ralo mais os joelhos, só faço pequenas escoriações nos corações alheios.

— Não sei se seria útil — diz ele, por fim. — A chuva acabaria passando pelas frestas.

Tenho 17 anos e levo jujubas coloridas para os nossos mortos. Rodrigo para na frente de um túmulo de lápide branca e simples.

Olho para o nome por alguns instantes e me ajoelho na grama, perdendo a força nas pernas. Ajeito a saia e respiro fundo, olhando para a foto do meu irmão mais velho em preto e branco.

Ele está sorrindo do jeito que sorria para mim quando eu perdia no xadrez, do jeito que sorria quando roubava nas partidas de buraco, e está sorrindo do mesmo jeito que sorriu no dia em que descobriu que havia passado na faculdade federal.

Eu me inclino na direção da lápide, passo os dedos pelas letras douradas que marcam o dia da morte dele e abro um sorriso triste. Ah, a ironia da vida.

Meu dia de nascimento é o dia da morte dele.

— Eu não trouxe nada — digo, quebrando o silêncio tenso que se formou entre mim e Rodrigo, e observo as flores de plástico que estão enfileiradas na frente da lápide dele.

Qual o sentido dessas flores?, penso. Elas são falsas. Ou talvez não tenha sentido trazer flores de verdade, que também vão morrer em frente ao túmulo.

Rodrigo se agacha ao meu lado, e nossos olhos ficam na mesma altura.

— Você conseguiu vir. Já é alguma coisa.

— Não sei se isso é o suficiente.

Eu queria *ser* o suficiente. Entre inúmeras histórias que terminaram e flores que foram colocadas aqui como uma forma de demonstrar saudade e arrependimento, me inclino mais um pouco e deixo as jujubas azuis no túmulo dele. Então me levanto devagar, ajeitando a saia de lã.

— Isabelle — digo, e o nome da minha melhor amiga se dissolve na minha boca.

Caminhamos entre as lápides em silêncio, e Rodrigo me leva até onde Isabelle está enterrada, do outro lado do cemitério. A lápide dela é preta, com detalhes prateados, a mesma data de falecimento.

Solto um suspiro, cansada. Esse tipo de tristeza consome tudo o que existe vivo dentro de mim.

— Como foi que aconteceu? — pergunta Rodrigo, baixinho.

— Do que você se lembra?

Ah.

As perguntas que me fazem o tempo todo.

Como foi que isso aconteceu?

Eu nem sei responder. Em um momento, nós estávamos ali. Tocava The Killers no rádio. Ou The Clash? "Should I Stay or Should I Go"? Estávamos conversando, passamos a discutir e, então, a brigar. Era assim com Isabelle, quando as coisas não seguiam do jeito que ela queria.

Pela minha janela, passava uma mancha verde, marrom e cinza, como tinta borrada, e talvez eu tenha dormido, ou talvez eu tenha só fechado os olhos no momento errado, ou talvez eu não tenha visto nada. A questão é que, no momento seguinte, só eu estava ali.

O mundo estava de ponta-cabeça quando Thiago soltou meu cinto, e eu senti dor — o tipo de dor que faz você se dobrar ao meio e perder o ar.

As últimas palavras que ouvi do meu irmão mais velho foram você-está-bem-nós-vamos-ficar-bem-por-favor-não-fecha-os--olhos. *Acho que estamos brincando, como quando a gente era criança.* Quem dormir primeiro perde. Nós nunca sabíamos quem tinha ganhado.

Dessa vez, eu fui a primeira a abrir os olhos e soube quem tinha vencido.

É isso que falo para Rodrigo.

Não com as mesmas palavras, mas tento explicar que não sei muita coisa. Não lembro muita coisa. O pouco que lembro, não sei dizer se é real ou se inventei, porque minhas memórias se embaralharam em algum momento. O médico que me acompanhou disse que é normal. Eu tive uma concussão. Sofri um acidente de carro gravíssimo, no qual meu irmão e minha amiga morreram.

Ele disse que estava tudo bem eu não estar bem.

— Eu sinto muito, Alice — diz Rodrigo, e faço certo esforço para me recompor e lembrar que Isabelle também era importante para ele.

— Eu também.

Olho para a lápide dela, as flores abarrotando o espaço pequeno. Ela era o tipo de pessoa inesquecível, mas agora é só um nome e algumas datas.

Se naquela noite eu tivesse me sentado no banco do passageiro, na frente, como sempre fazia, quem estaria ali no cemitério visitando meu túmulo seria Isabelle? Ela traria flores, como uma pessoa normal? Ela ficaria triste assim e abraçaria Rodrigo?

Se a Isabelle não tivesse ido comigo naquela viagem para Curitiba, minha mãe teria perdido dois filhos? Então, quem a veria chorar todos os dias? Quem a lembraria de comer e tomar banho?

Se... Se...

Ouço o som de cada lágrima que derramo.

Rodrigo suspira, mas não se aproxima muito. Com o canto do olho, a visão manchada pelas lágrimas, vejo que ele se recosta em um túmulo e fica ali, as mãos nos bolsos do casaco, procurando alguma coisa.

— Aqui, pega.

Ele me entrega um pacote de lenços de papel, e eu asso o nariz ruidosamente. Depois, uso outro lenço para secar os olhos. Faço isso com força demais, e pequenas estrelas brancas estouram na minha visão.

— No que você está pensando?

Com força, ele raspa a ponta da bota na grama bem-cuidada até estarmos olhando para a terra marrom-escura. Uma minhoca se retorce devagar assim que se vê ao ar livre, e me lembro da nossa pescaria, da caixa, de Isabelle.

E de novo.

E de novo.

E de novo.

— Em todos os "e se" que existiram naquela noite. Como seria se fossem eles trazendo flores até o meu túmulo?

— Algumas pessoas são estrelas cadentes. Passam, brilham, realizam desejos, e então vão embora. Sei que vou te pedir o impossível agora, mas você precisa reaprender a viver. Se você não quer apagar isso... — diz Rodrigo, as lágrimas escorrendo pelo rosto.

Ele também está tendo dificuldades de guardar tudo que sente dentro de si. E, por um instante, me sinto menos sozinha ao perceber isso.

— Tudo bem. Você sempre pode só virar a página e continuar sua história.

Sei que ele tem razão. Sei que ele está certo.

Mas tudo o que consigo pensar, olhando o túmulo de Isabelle, é: que desejo tão importante ela realizou a ponto de nos deixar para trás aos 17 anos?

É domingo, e isso significa que vou para a igreja em cinco, quatro ou três minutos.

Não porque quero, mas porque é algo sagrado para minha mãe e, em vez de discutir, eu simplesmente vou. Coloquei um vestido preto, meus coturnos azuis e prendi o cabelo em um coque firme que parece um furacão de cores, as ondas não tão suaves como antes. A tinta resseca bastante meu cabelo, e talvez seja hora de enterrar o arco-íris. Penso nas histórias que gosto de ler e tento me lembrar do que geralmente encontramos no fim do arco-íris. Prata? Glória?

Ouro.

Na frente do espelho, toco as mechas coloridas desbotadas antes de sair. Na primeira vez em que decidi tingir meu cabelo no estilo *rainbow hair*, foi Isabelle quem cuidou de tudo. Acho que sempre fui a cobaia particular dela.

Mesmo que eu tenha ficado eufórica com o resultado das mechas coloridas quatro meses atrás, olhando para elas agora sinto um misto de tristeza e incerteza.

Essa eu de agora sou eu…

… ou eu sempre fui apenas a sombra de outra pessoa?

— Alice!

Eu me inclino para fora do quarto e vejo minha mãe parada, me esperando. Os olhos castanhos idênticos aos meus me encaram com certa apreensão, e eu reprimo um suspiro. Ultimamente, tenho reprimido tudo. Tenho me reprimido por inteiro.

— Você está pronta?

— Estou.

Dou uma última olhada no espelho e, mesmo de longe, a garota no reflexo faz o mesmo. Quando eu pisco para reprimir uma torrente de lágrimas, ela me imita calmamente. A garota do espelho é uma completa estranha.

— Pronta até o último fio de cabelo.

Em cidades pequenas como esta, com pessoas de mente pequena e vidas pequenas, as coisas raramente mudam. Por isso, quando você é a mudança, é inevitável falarem de você.

Enquanto o coral canta, com as vozes subindo-subindo-*subindo*, eu ouço todos os sussurros ao redor. Eles podiam ser mais espertos. Afinal de contas, não fiquei surda. O que eles não sabem é que fiquei apenas uma semana no hospital, já que sofri escoriações leves, uma concussão e uma luxação no pulso. (*Sorte*, disseram os médicos. *Ela teve* muita *sorte*. Certo. Preciso me lembrar de agradecer à Sorte por ter um senso de humor ácido e maldoso.)

Passei o restante do mês com a minha tia materna em Curitiba, esperando a poeira baixar. Assim, ao voltar, poderia tentar colocar nos trilhos toda a bagunça que minha vida se tornou.

Mas, ao estar aqui, entendi que a poeira nunca vai baixar, porque eles têm a *mim*.

O lembrete vivo do que aconteceu com o Thiago e a Isabelle.

Quando a missa acaba, minha mãe vai conversar com as senhoras que também frequentam a missa todos os domingos. Tento não ficar de cara emburrada, mas é mais forte do que eu. Elas fazem as mesmas perguntas, e minha mãe responde as mesmas coisas.

Sim-estamos-bem.

Sim-Alice-ainda-está-se-recuperando.

É-mais-difícil-do-que-parece-está-sendo-horrível-horrível--tudo-horrível.

Alguém estende um lenço descartável para a minha mãe, porque o choro dela sai de controle.

— Coitadinha. — Ouço uma das senhoras da missa dizer, seguido de um suspiro.

— Algumas coisas não são fáceis de consertar, minha filha.
— Outra dá tapinhas consoladores nas costas da minha mãe. Isso me faz olhar na direção dos anjos pintados no teto. Respiro fundo ao ser tomada por uma espiral de lembranças. Penso em tudo o que tive, em tudo o que me foi tirado e em tudo o que não fiz esforço para ter. Isabelle cantava no coral. Thiago odiava igrejas. Eu sempre fui arrastada de um lado para o outro por todo mundo. Gostaria de dizer a elas que não é possível consertar algo que não existe mais.

— Vamos ter um bingo beneficente no próximo mês — comenta uma das senhoras, com o braço ao redor dos ombros da minha mãe. — Você pode nos ajudar a montar o evento, Laura. O que acha?

Minha mãe acena com a cabeça, ainda meio fragilizada por conta do choro.

— E a Alice pode ajudar com as barracas — sugere outra, e ergo a cabeça ao ouvir meu nome. Sei quem ela é, claro. Os olhos dela são idênticos aos do filho, e todo mundo conhece todo mundo aqui, de qualquer forma. Então, se virando para mim, ela complementa: — O Rodrigo foi escalado para a barraca dos bolos... Você pode ajudar ele.

Olho para a minha mãe, esperando que ela diga qualquer coisa, mas ela está concentrada demais em sofrer. Não sei o que pensei que aconteceria. Que ela me diga o que fazer? O que sentir? Que tome decisões por mim, como fazia antes? Só que minha mãe não é a mesma de antes, nem eu.

Abro a boca para dizer que *não, obrigada*. Tento projetar as palavras para fora, fazer com que elas se desprendam da minha língua. Mas nada acontece. Engulo elas de volta e dou de ombros, como se isso fosse resposta o suficiente. Acho que foi. A mãe de Rodrigo abre um sorriso que parece genuíno.

No fim das contas, não consigo sair do lugar. Me sinto covarde por não ter dito "não" e cansada por me sentir assim.

Posso não ser a mesma Alice de antes, mas também não sei ser a Alice de agora.

Às vezes, quando estou com Jonas, sinto uma falta excruciante de Isabelle. De algumas coisas, não de tudo. De outras, não consigo sentir saudade. Quando estamos eu e ele, o buraco entre nós dois fica mais aparente do que nunca, e, apesar de precisar do meu melhor amigo, estar perto dele me faz lembrar de tudo que perdi. Estamos presos nessa roda que gira e gira, mas não faz com que a gente saia do lugar.

Em dias mais calmos, quando Jonas e eu estamos juntos, sinto algo estranho, um gosto amargo que não passa e que não sei o que fazer para que suma de uma vez por todas. Às vezes, fico pensando se não estamos só tentando reencenar o que nós dois erámos antes do acidente.

Hoje é um desses dias esquisitos, com a saudade e a estranheza se encontrando na metade do caminho. Porque Isabelle também deveria estar aqui, como sempre esteve. Mas não está. E, se ela não está, significa que a falta de Thiago é real também.

— Alice? — Jonas me cutuca com o cotovelo, e saio do transe. Devagar, desvio os olhos da rua pacata e foco o freezer abarrotado de opções. — Quer sorvete do quê?

— De banana e de… — Corro o olhar pelos sabores e aponto para o óbvio. — Chocolate. Com cobertura de cappuccino.

Jonas faz uma careta engraçada assim que termino de falar. Acabo dando uma risada, leve e baixa, mas sincera, e o dono da sorveteria nos lança um olhar de diversão. Quando seus olhos param em mim, sei o que está pensando.

— Oi, seu Carlos — cumprimento. — Tudo bem com o senhor?

— Ah, comigo? Tudo, tudo. — Ele pega as bolas de sorvete, as enfia num cascão, entope de caramelo derretido em cima e estende para Jonas. — Dia gostoso pra ir até o parque, né?

Jonas paga nossos sorvetes, pega o troco e o guarda no bolso da calça de moletom.

— Às vezes, eu meio que odeio essa cidade — comenta ele quando estamos longe o bastante. — Dá para ler o pensamento das pessoas de tão alto que elas pensam.

Então Jonas também notou o olhar do dono da sorveteria. Bom. Fofoca é inevitável por aqui, mas ainda assim...

— Não tem muito o que fazer — digo, dando de ombros. — Acho que vão me tratar assim até tudo deixar de ser... novidade.

Lambo o sorvete, e Jonas me dá uma olhada de esguelha, sorrindo. Quer dizer, não é bem um sorriso. É quase um pedido de socorro.

Ele quer qualquer coisa que não faça as feridas dele sangrarem desse jeito.

— Novidade. — O tom de voz de Jonas não está mais tão irritado, mas a palavra ressoa com um gosto amargo.

Caminhamos lado a lado. Não pisamos nas rachaduras das calçadas e por isso olhamos a todo instante para o chão. Sei que Jonas ainda está segurando um peso nos ombros toda vez que falamos sobre isso — sobre nós, sobre eles, sobre tudo o que precisa ser dito.

Alguns dias, é tranquilo estar com ele. Sua companhia é calma enquanto caminhamos a esmo pela cidade, vamos até a biblioteca, nos sentamos no parque e ficamos olhando os patos selvagens, e até enquanto jogamos Uno e ele reclama dos amigos virtuais dele ou qualquer coisa do tipo. Nesses momentos, estar com Jonas é como respirar, e acho que isso torna tudo um pouco melhor e um pouco pior na mesma medida.

Penso nisso enquanto passo a tarde toda com ele.

Em outros dias, é mais fácil fingir que nada aconteceu, que não estou devastada por ter perdido o meu irmão. Ainda existem os dias em que quero sentar e contar com detalhes sobre o livro que estou lendo. Quero reclamar que não tenho nenhum hobby e que estou pensando em aprender a costurar, a bordar, ou em comprar um daqueles livros de mandala para colorir. Qualquer coisa para me manter ocupada. Mas, no fim, acabo só ficando no meu quarto, lendo.

— Você podia aprender a fazer velas — comenta Jonas uma hora. — Ou... talvez... jardinagem.

— Não tenho tato pra isso, não.

Torço o nariz.

— Ler é um passatempo ok.

— Mas eu *só sei* ler. Queria, sei lá, usar minhas mãos. Construir casa de passarinhos! Fazer um jogo de chá com argila! Aprender a antiga arte de fazer papiro! Qualquer coisa.

— Você quer ocupar ainda mais sua cabeça. — Ele dá de ombros quando o encaro. — É normal, você está triste. Quer pensar em outras coisas. Você podia ver um anime de mil episódios.

— Nem morta.

— Mas...

— Eu não vou ver *One Piece*, Jonas.

Graças a isso, ele acaba abrindo uma sessão interminável de motivos para eu assistir ao anime favorito dele. Acabo perdendo a paciência e, depois de terminar o cascão, saio correndo pelo parque enquanto Jonas grita que eu não faço ideia do que estou perdendo. Que, depois do episódio 300, o anime fica bom. Que minha vida vai mudar por causa de um pirata que estica. Quando ele finalmente se cansa — e *me* cansa no processo —, acaba me convidando para fazermos uma maratona de filmes *slasher* na casa dele na sexta-feira. Dessa vez, eu concordo, mesmo fazendo uma careta. Sei que ele vai me obrigar a assistir a todos os filmes de *Pânico* em ordem, mas vai topar assistir a episódios de *Sailor Moon* também, se eu pedir com jeitinho.

Assim como sei que se eu me afastar alguns passos de Jonas e viver alguns dias (ou semanas) dentro da minha própria bolha, ele vai entender que preciso de um tempo. Dele. De Nós Dois. Não *para sempre*. Não. É só por um tempo. Não preciso falar nada disso em voz alta porque eu sei que ele sabe. E ele sabe que eu sei.

Amigos servem para isso, afinal.

Dezespero

Gosto de correr por Santa Esperança. No trajeto, acabo vendo um lado da cidade que é mais difícil alcançar de carro ou de bicicleta. Fica depois das estradas mais afastadas do centro, nos prados, onde encontramos vacas e cavalos que me observam passar correndo enquanto pastam.

Quando corro, minha cabeça para de zunir. Me concentro em botar um pé depois do outro, em respirar da maneira certa, em enxugar o suor, em não cair. É assim que libero tudo o que está pesando dentro de mim: lanço esses sentimentos no mundo através da exaustão física. Caíque disse que estou usando o exercício como válvula de escape.

Válvula de escape.

Detesto essas palavras.

Não quero escapar de nada.

Não quero fugir de ninguém.

É por isso que corro quando chove e corro quando faz sol. Sempre gostei de correr na primavera, apesar de ainda não ser oficialmente primavera. Faltam só três dias para a primavera chegar. Isabelle gostava de calendários, estações, segredos, palavras e caixas.

Por eu estar correndo ao ar livre, Caíque me comprou uma capa de chuva.

Não estou usando ela hoje porque o sol está quente demais, queimando a ponta do meu nariz. Talvez chova mais tarde, mas agora tudo o que vejo é um mar pincelado no céu. Azul. Azul-anil, azul-céu, azul-tiffany.

As tintas, penso. *Preciso de tintas novas.* Apesar de continuar trabalhando no meu quadro na escola, não consigo pintar quando estou sozinho.

Chego nos limites da cidade, o que significa que logo vou ter que pegar a estrada de tijolos amarelos e não estarei mais no Kansas. Agora, tudo que resta é grama e uma grande placa anunciando que os vinhos e queijos da região são de produtores locais e de excelente qualidade.

Estou sentindo algo dentro de mim arder. Meus pensamentos saem de sintonia quando corro, mas isso não significa que as lembranças não me atinjam com força.

Artista. Ela me chamou assim.

— Foi assim que os grandes nomes da arte começaram, sabia? — disse Isabelle, sorrindo. — Pintando as namoradas.

— Isso não me parece muito verídico — respondi, mas meu bloco de desenhos e o carvão estavam trabalhando em linhas para construir um universo que eu chamava de meu. Ela podia não me pertencer, mas ainda assim era minha. Tudo o que eu tinha, tudo o que eu considerava seguro e confiável e amável e verdadeiro.

— Bom, talvez não todos. Mas eu tenho certeza de que você vai começar assim.

Então, ela jogou o cabelo para o lado, e foi assim que a desenhei naquele dia.

Paro de correr, me sinto como uma âncora sendo atirada em direção ao mar. Afundo, respirando tanto que dói. Dói, e talvez seja por isso que estou chorando no meio do nada.

As tintas, lembro por fim. Joguei tudo fora. A tinta das bisnagas escorregando descarga abaixo, um redemoinho de cores. Pareceu injusto viver em um mundo em que posso criar tudo em uma folha, menos trazer vida. Menos evitar a morte.

Meus dedos pingavam verde-floresta, vermelho-sangue, azul-azul. Foi o dia que o Monstro Cinza acordou. Infelizmente, também estou acordado. E o universo que chamo de meu se foi, mas o mundo onde vivo é pequeno demais para nós dois.

O que é, o que é: um ponto preto, arco-íris e azul sentado na frente de uma igreja chorando?

— Parece que você acabou de sair de um velório.

Alice não parece estar inteiramente aqui, mas os olhos param em mim por alguns instantes.

— Você sempre me encontra nos meus melhores momentos — resmunga ela, secando o rosto de forma um tanto bruta.

Ela está horrível, sem sombra de dúvidas.

Caíque ama a teoria evolucionista de Darwin, ama saber da existência de primitivos na história da nossa criação. Eu concordo com ele, porque posso afirmar com certeza que existem coisas primitivas dentro de nós.

Se eu pudesse desenhar essa cena agora, eu seria o antílope. O furacão de cores na minha frente seria uma leoa.

É assim que funciona nesse reino, certo?

— Pelo menos, você não está pagando calcinha, não é?

Alice sufoca uma risada e se engasga, mas os olhos continuam tristes, e eu me sento ao lado dela no meio-fio. Minhas pernas tremem de alívio, e tenho medo de não querer mais levantar daqui. *Antílope suicida.*

— Mas e aí, Plutão?

Lanço um olhar na direção da igreja. Os sinos não estão mais soando. A missa de hoje terminou.

— Não sabia que você era do tipo religiosa.

— Minha mãe é — responde Alice, como se isso explicasse muita coisa, e talvez para ela explique mesmo.

— A minha mãe também — comento, e ela me lança um olhar estranho.

Às vezes, quando olho para Alice, sinto uma espécie de vácuo. É como se ela não estivesse ali. Como se seu corpo fosse apenas uma projeção distante de onde a mente dela está.

Posso estar errado, mas só o fato de o pensamento surgir me deixa... melancólico.

Posso não estar inteiro, mas sei que esses pedaços partidos me compõem. Deve ser muito triste perder os outros e a si mesmo de uma vez só.

— Hum.

Apoio os cotovelos na calçada e estico as pernas, olhando para o céu. Nenhum sinal de nuvens, mas sinto que vai chover. Nunca quebrei nenhum osso, mas tempestades são minha especialidade. Só não sei dizer se vai chover do lado de fora ou de dentro.

— É domingo de manhã, Rodrigo.

A voz dela soa cuidadosamente curiosa, como se ela ainda não conhecesse o terreno em que está entrando, como se estivesse pisando em borboletas.

— Você não devia estar dormindo?

— São quase onze horas, Castello. — Olho para os meus tênis de corrida de forma distraída e demoro para entender o que ela acabou de falar. — Não sou tão vagabundo assim.

Alice estreita os olhos.

— Eu não disse *isso*.

Ela tem que virar o rosto para esconder o sorriso, e eu a empurro com o ombro de leve.

— Mas *adoraria* dizer. Deixa de ser cretina e admite.

Nós rimos alto, e a risada dela soa rouca. Quando o riso se esvai, acabo olhando para o lado, meio sem jeito. Um fantasma se forma no meio de nós. Algumas pessoas são facilmente alcançáveis. Basta cruzar uma porta e você está dentro. Alice não é assim: ela tranca portas, joga as chaves fora e se esconde no coração de um vulcão.

Mas é sempre possível destruir a porta a machadadas.

— Fiquei sabendo que você vai cuidar da barraca de bolos do bingo da igreja — comenta, e eu coço a nuca.

Ah.

Ela deve ter cruzado com a minha mãe em algum momento. Alice tosse duas vezes, e eu a observo. Ela dá um suspiro fundo, retorcendo a barra do vestido preto, e isso faz com que meus olhos foquem suas mãos. Ela tem dedos longos. Desvio o olhar e dou de ombros, sorrindo.

— O que a minha mãe não me pede sorrindo que eu não faço chorando?

Cato uma pedrinha do chão, redonda e fria. Assopro a poeira dela e a giro entre os dedos.

Nunca tive muitas opiniões sobre Alice. Eu via o pouco que ela me deixava ver, o que envolvia largar Isabelle sozinha comigo e sair de cena com Jonas. De maneira espetacular, ela ia embora do palco, deixando que a melhor amiga assumisse tudo apenas para não ter que lidar comigo, um simples espectador.

Encaro-a por um segundo apenas e vejo seu rosto contorcido em uma careta de confusão, então abro outro sorriso. Aperto sua bochecha em um gesto involuntário e a expressão de surpresa dela faz meu coração se remexer no peito de forma estranha.

— Bom, sobre os bolos… — começa ela, soando insegura.

Alice olha para a pedra que estou segurando e não volta a erguer o olhar. — Acabei concordando em ajudar, então você meio que não está mais sozinho.

Nossos olhos finalmente se cruzam, e eu assinto, me levantando.

Não me despeço. Na verdade, minha cabeça parece se desligar assim que ouço essas palavras saindo da boca de Alice. Ela acena e não parece notar que estou confuso. Que estou apavorado.

Quando viro a esquina e saio do campo de visão dela, me apoio na árvore mais próxima e olho para minhas mãos trêmulas. Meu coração está batendo tão rápido quanto as asas de um beija-flor.

Apoio a testa no tronco da árvore e respiro fundo cinco vezes antes de retomar a corrida, e tudo o que consigo visualizar enquanto corro são os olhos de Isabelle.

A brincadeira favorita dela eram as perguntas…

As perguntas…

Qual foi a última pergunta de Isabelle…?

O que acontece quando dois mundos colidem?

Quando chego em casa, sinto o cheiro de cigarro e chulé e sei que meu padrasto está aqui.

Por ser caminhoneiro, nunca sabemos quando ele vai voltar para casa. Às vezes, fica semanas longe. Outras, apenas três ou quatro dias. É sempre difícil acompanhar a agenda dele, e ainda mais difícil é aturá-lo.

Paro com a mão na maçaneta, sem saber se entro ou se volto para a rua e fico vagando por aí.

— Ei, moleque. É você?

Merda. Entro e fecho a porta atrás de mim.

— Oi, sou eu — respondo, usando meu melhor tom desinteressado.

Tiro os tênis e abaixo o capuz, engolindo em seco toda a covardia que se movimenta dentro de mim.

— Hum-hum.

Ouço o resmungo e, quando passo pela sala, o vejo deitado no sofá, assistindo a um programa idiota na televisão. Ele bebe um gole de cerveja, volta a fumar feito uma chaminé, batendo as cinzas em cima do tapete favorito da minha mãe, e limpa as mãos fedorentas nas almofadas bordadas, que foram presentes da minha avó. Enquanto ele está aqui, todo esse processo se repete sem cessar.

— Onde você estava? E cadê sua mãe?

Trinco os dentes e dou uma olhada na direção da cozinha.

— Ela deve estar na missa — comento, tentando soar mais calmo do que, na verdade, estou.

Meu padrasto solta uma baforada de cigarro, e preciso contar até vinte para me manter controlado.

— Bom, ela está *atrasada*, né? Já passou das onze e o almoço ainda não está pronto.

Agora, cerro os punhos e respiro fundo uma única vez. É ridículo. Ele é um porco nojento. Não respondo nada. A ansiedade

de ficar aqui, de ter que lidar com meu padrasto e com toda essa situação na qual minha mãe parece estar presa... Não consigo.
Não posso continuar aqui.
Saio de casa, apressado. Puxo o celular e mando duas mensagens para a minha mãe.

Trabalho em dupla, mãe
Vou passar a tarde na casa do Caíque

Quando passei pela porta, me senti aliviado e me odeio por isso. Ao mesmo tempo em que quero ir embora, tenho medo de deixar coisas importantes demais para trás. Estou preso entre o medo e a incerteza.
Mas ainda estou aqui.
Eu ainda estou aqui.

Meus dedos têm boa memória.
Só que, em algum momento, bloqueei a minha vontade de desenhar. Não, vontade não. Necessidade. Essa comichão, esse impulso de rabiscar, criar, desenhar, espalhar tinta... Tudo isso se encolheu dentro de mim, como se estivesse tentando desaparecer depois que Isabelle se foi. Não porque ela fosse a minha motivação. Não porque eu desenhasse por ela. Só estou me sentindo muito desconectado da realidade. Como se uma parte importante demais tivesse sido desligada dentro de mim, e, graças a isso, pouca coisa fizesse sentido agora.
Eu estaria mentindo se dissesse que foi fácil me esquecer, mesmo que temporariamente, de tudo o que sou. Mas também não foi difícil dizer a mim mesmo que eu não precisava daqui-

lo: do papel, das tintas, dos pincéis. Ainda assim, meus dedos têm uma boa memória. Não é em Isabelle que estou pensando quando minhas mãos trêmulas vasculham a última folha desenhada do caderno.

Não é em Isabelle que penso quando arranco a página com um desenho mal começado e mal terminado.

Estou pensando em todos os planetas.

Aqui está Júpiter. Ele falhou em ser uma estrela.

Aqui está Saturno. Ele está, aos poucos, perdendo seus anéis.

Todas as minhas estrelas, faço-as pouco a pouco.

Então, no centro, não desenho o sol.

Desenho Plutão.

Hades, corrige Isabelle, olhando para o meu desenho.

A voz dela é uma sinfonia tocada em último volume, e eu não consigo olhá-la — talvez não *deva* olhá-la. Se eu olhar em sua direção, ela vai se desfazer? Não quero ser seu Orfeu. Meus olhos me traem, e sei que não posso confiar em mim mesmo quando se trata dela. Ela permanece aqui e ainda sorri para mim quando nossos olhos se abraçam. Uma prece silenciosa paira acima de nossas cabeças, e então ela aponta para meu desenho.

O deus dos mortos. Você lembra? Os romanos não sabiam de nada. Brincavam de criar.

É nessa hora que me sento ereto e pisco de forma furiosa, tentando dissipar a voz da garota morta que vive dentro de mim.

Eu ainda estou dormindo, mesmo que já esteja de olhos abertos.

ONZE SEGREDOS E NENHUM NÓS

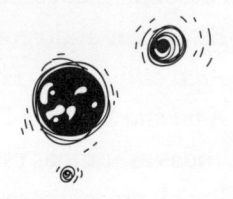

Não lembro quando foi a última vez que vim a um dos bingos da igreja da minha cidade. Minha mãe sempre foi uma dessas pessoas de fé distante, uma fiel de temporadas. Quando Thiago era pequeno e passou alguns dias no hospital porque estava com pneumonia, ela veio para as missas com regularidade.

    Quando meu pai foi embora, ela se agarrou à igreja, à comunidade cristã local, às mulheres que também sabiam como era ser o único pilar de uma casa. Não sou uma criatura religiosa e não sei o que faria no lugar dela, mas às vezes penso no quanto isso foi necessário depois que o Thiago se foi. Ela precisa respirar o ar com cheiro de velas queimadas, tomar a hóstia, dobrar os joelhos e rezar e rezar e rezar e *rezar*.

    Minha mãe não costuma falar muito sobre a própria família. Acho que na pressa de fugir do próprio passado, na falta de comunicação com o pai imigrante, na solidão de ser uma mulher filipino-brasileira com uma falta gigante de um igual... Parece que ela está sempre procurando algo que não sabe o que é. Não posso julgá-la por isso, porque sinto que nossa relação — a minha com ela — se desgastou, de certa forma, como aconteceu com ela e o próprio pai.

Com ela e o mundo.

Eu a observo conversar com as senhoras da missa, um grupo homogêneo de mulheres na casa dos quarenta ou cinquenta anos, com filhos adolescentes impertinentes e maridos pouco interessados em qualquer coisa que não seja eles mesmos.

— Você tá fazendo careta pras velhas — diz Rodrigo ao meu lado, e ergo os olhos. Ele está usando um avental azul-claro e touca no cabelo. — Em qual delas precisamos dar cabo até o fim do bingo?

— Não se preocupe — comento, batendo as unhas no balcão de maneira compassada. — É só aquele conjunto de panelas inox entrar em jogo pra elas mesmas se digladiarem.

Rodrigo abre um sorriso e, por um instante, quase retribuo.

— Ai, fala sério. — Rodrigo estende um pedaço de bolo de cenoura com cobertura de chocolate para uma garotinha que entrega uma nota de dois reais para ele. — A barraca do bolo não é tão ruim assim.

— Desculpa ter que te falar, mas não tem nada de incrível em um bingo de igreja.

— Ah... — Rodrigo consulta o relógio e abre um sorriso cheio de dentes. — É aí que você se engana. Não só temos um leilão de antiguidades daqui a pouco como também temos um bazar.

— Uau — murmuro, erguendo as sobrancelhas e segurando um sorriso. — Que sorte a minha.

— Você quer dar uma olhada? — A pergunta dele parece uma pedra em um telhado de vidro.

O fato de estarmos aqui, juntos, é só um desses momentos que acontecem em universos solares pequenos; não tem muito lugar para onde correr e é inevitável trombarmos um no outro. O fato de não conseguirmos dizer não para nossas mães torna a situação ainda mais típica. Mas não sei se estava esperando um convite para olharmos o bazar do bingo juntos.

— No bazar? Ou no leilão?

Ele dá de ombros, e eu coço a palma da mão de maneira nervosa.

— Você pode falar "não" — comenta ele, tentando soar mais despretensioso do que realmente é. — Foi só um convite.

Penso nas mensagens esporádicas que ele vem me mandando sobre a caixa da Isabelle. Penso no quadro de mensagens de feltro verde, não muito maior do que uma folha A4, que acabei dando de presente para Rodrigo junto com uma caixa de tachinhas douradas. Eu o imaginei pendurando o quadro em algum lugar do quarto e traçando seu caminho até a senha correta.

Mais curiosa do que deveria estar para saber o que tem lá dentro, procurei em minhas mensagens com Isabelle alguma pista, mas ela era incrivelmente teimosa quando queria e não consegui achar nada que falasse sobre a desgraça da caixa.

— Claro que posso falar "não".

Rodrigo ergue uma sobrancelha.

— Sou especialista em falar "não" — retruco, por fim.

— Duvido muito disso, Plutãozinho.

Ele me empurra de leve, e olho indignada para ele, que está com um sorrisinho que me faz querer sorrir também.

Nessas horas, eu não sei como existir ao lado dele.

Não sei como estar aqui.

Nessas horas, penso mais do que nunca em Isabelle e em como ela se sentiria se nos visse tão próximos. Então, Rodrigo sorri e sinto minhas muralhas balançarem com força. Ele é bom com essa coisa de sorrir.

Ele passa boa parte do tempo sendo inconveniente, fazendo comentários impertinentes ou dando opiniões que não foram solicitadas. Passa muito tempo em redes sociais de vídeos, me envia músicas de bandas barulhentas de rock japonês e fotos aleatórias com pouco ou nenhum contexto — e percebi que gosta que façam perguntas a ele.

E, quando ele sorri, eu quase acredito que estou autorizada a sorrir também.

Quando nosso turno na barraca dos bolos acaba, ele insiste em ir até o bazar da igreja. Pilhas de roupas, bolsas e sapatos, porta-retratos, bancos de madeira, eletrônicos e eletrodomésticos descansam embaixo de barracas brancas ao lado da igreja. Tem uma pilha de livros usados, discos de vinil e até um telefone antigo amarelo-ovo com uma daquelas rodas de discagem.

— Misericórdia — comenta Rodrigo, fuçando uma pilha de gibis e quadrinhos. — Só tem velharia aqui. Escuta, Castello, quando você tiver seu sebo, será que pode separar umas coisas legais para mim? Já que somos amigos e tal.

Congelo na frente de uma caixa de revistas velhas e não me atrevo a erguer a cabeça. Ele pigarreia de leve e, quando nosso olhares se encontram, a pergunta "não somos?" parece estar escrita no azul-claro de seu olhar.

— Tem vantagens em me ter como amigo — comenta Rodrigo, coçando o nariz. — Posso desenhar a fachada do seu sebo. De graça. Faço o melhor espaguete à carbonara do mundo. E sempre estou pronto pra resgatar gatos hipotéticos presos em árvores.

— Gatos não ficam presos em árvores.

— Erro seu! — responde, erguendo um dedo em riste. — Gatos ficam presos em diversos lugares, *incluindo* árvores. Às vezes é proposital e às vezes é porque são medrosos, mas ainda assim. Não dá pra julgar.

— E quem sou eu para julgar os gatos hipotéticos? — digo, mas a conversa é tão troncha que solto uma risada pelo nariz, incapaz de segurar o rosto sério por mais tempo. — Bom, lamento te decepcionar, mas você ser meu amigo não vai te proporcionar muitas coisas.

— Ah. — Vejo os ombros dele murcharem. — Não é verdade. Ele abre uma caixinha de música toda arrebentada perto de uma quantidade massiva de cacarecos antigos, incluindo um Game Boy azul-escuro e uma fileira de Tamagotchis.

— Você é paciente, sensível e sincera. — Rodrigo gira a bailarina quebrada que mora dentro da caixinha de música.

— E é engraçada quando quer. E tem os olhos castanhos mais castanhos que já vi. E é uma péssima mentirosa. É legal e…

Fecho a caixinha de música, que para de tocar imediatamente.

— Não somos amigos — interrompo, e tudo que vejo na minha mente é o rosto de Isabelle, a risada dela. Ela de braços dados com Rodrigo, ela beijando Rodrigo, ela e Rodrigo. — Nunca fomos amigos.

Quando o encaro, Rodrigo parece aliviado.

E feliz.

A minha recusa faz com que os olhos dele brilhem com um sentimento que não entendo e, quando começo a me afastar, ele tosse uma vez.

— Nunca fomos amigos, eu sei — diz ele.

Andamos lado a lado pelo restante das outras duas barracas do bazar e não consigo olhar na direção dele.

— Mas você pode passar a considerar a oferta, agora que ela está de pé. — Ele faz uma pausa de segundos. Então, de um minuto completo. Então… — Pensa nela… e me responde quando quiser.

Outra semana começa e a primeira parte da manhã passa sem grandes incidentes. Me revirei o restante do domingo inteiro, pensando nas palavras de Rodrigo Casagrande. Amigos.

Amigos. A palavra não sai da minha cabeça, rodando em um *looping* esquisito, girando feito um pião. Quando me esqueço dela por alguns instantes, meu cérebro pisca e dá corda de novo, e então lá está ela outra vez, como uma assombração.

Na hora do intervalo, quando Jonas e eu vamos até a cantina comprar alguma coisa para comer, ele enfia um sanduíche natural na minha mão.

— Por conta da casa. Eu tenho que ir na biblioteca resolver um trabalho que a Amanda conseguiu destruir. Me desculpa, tá? Mas acho que não vou conseguir passar o intervalo com você hoje.

Jonas faz um biquinho, e eu franzo a testa, olhando para o sanduíche e para ele.

— Tudo bem.

Observo enquanto ele se afasta, dando uma corridinha desengonçada.

— Castello! — Rodrigo passa ao meu lado com Caíque e Wes, e eu percebo que estamos andando na mesma direção. — Seu fiel escudeiro te abandonou?

— Ele não é meu...

Solto um suspiro e tento não olhar na direção de Wes. Tento não trombar com ele sempre que posso, mas agora, lado a lado, é inegável o clima estranho que fica em estar perto do meu ex- -alguma-coisa.

— Eu estava indo lanchar.

Mostro o sanduíche, e Caíque para de andar, me olhando com cautela.

— Se quiser ficar com a gente... — Ele indica as mesas com a cabeça, e meu plano original era ir para lá, mas sozinha. Caíque sempre foi um cara legal, o tipo de pessoa que se preocupa com os outros, e não com o que os outros falam.

— Hã...

Troco o peso do corpo de um pé para o outro, sem saber como recusar a oferta educadamente. Mas, como eu disse, Caíque é legal.

— Mas se não quiser, tudo bem, viu? — Ele sorri brevemente e volta a andar. — Não é um crime recusar um convite.

Essas palavras me fazem pensar na conversa que tive com Rodrigo ontem, e sinto os olhos dele em mim.

— Eu... Tudo bem. — Dou de ombros. — Quer dizer, o Jonas não vai poder lanchar comigo mesmo.

Caíque sorri, como se estivesse realmente feliz com o meu sim, e indica a mesa novamente. Dessa vez, todos vamos juntos até ela.

— Então eu estava certo? — pergunta Rodrigo.

Ele se senta à minha direita, e Wes hesita no outro lugar vago à minha esquerda, mas escolhe contornar a mesa e dividir o banco com Caíque.

Para a minha alegria, Caíque chuta Rodrigo por baixo da mesa. Dou um sorrisinho e balanço a cabeça. Depois do desconforto inicial com Wes, que me lança olhadelas estranhas, acabo trocando frases completas com todos eles, o que me deixa quase orgulhosa de mim mesma. Wes continua o mesmo de sempre e, quando avisto Teresa do outro lado do pátio nos encarando, entendo que as fofocas são reais: Wesley e Teresa terminaram mesmo.

Rodrigo, por sua vez, parece mais relaxado com os amigos, mas também parece se esforçar para me incluir na conversa, que vai desde animes até a incapacidade dele próprio de prestar atenção em algo, passando pelo fato de que Caíque conseguiu zerar a prova de matemática e não sabe como vai explicar isso para os pais.

Quando o sinal toca, os três se levantam, e eu os acompanho.

— Quer companhia até a sala, Alice? — Wes praticamente saltita ao meu redor, e eu olho na direção do banheiro.

— Na verdade, preciso fazer xixi — falo, franzindo o nariz.

— Eu não precisava saber disso — resmunga Rodrigo, e Caíque dá um tapa na cabeça dele.

— Deixa a garota, Casagrande.

Acho que é oficial. Caíque é meu herói.

— Mas ela que falou que ia mijar. — Rodrigo dá um peteleco na minha testa, que dói.

— Ai!

Caíque lança um olhar na direção de Rodrigo, que se afasta dele, me usando como escudo.

— Casagrande, sua besta.

Antes que eu me dê conta, estou rindo. Não sorrisos forçados ou contidos. Estou gargalhando, e os três garotos se viram na minha direção.

— Desculpa. — Aceno para eles de leve e me viro na direção dos banheiros. — Eu preciso *mesmo* fazer xixi.

Saio caminhando sem muita pressa, mas acabo ouvindo um suspiro e me viro.

— Oi? — pergunto ao ver que Rodrigo abandonou os amigos e está me seguindo com uma cara inocente.

Wes e Caíque estão caminhando devagar, lançando olhares por cima do ombro na nossa direção.

— Precisa de alguma coisa?

— Ah... — Ele para a dois passos de mim, e eu tento não perder a paciência. — Eu só... Na verdade, eu só queria perguntar se você... hum... se você vai fazer alguma coisa hoje... depois da aula.

Ele para, o olhar passando pelo teto, pelas minhas galochas, por tudo, menos para os meus olhos.

— Não — respondo, me virando outra vez. — Quer dizer, tirando tarefa de casa e matar tempo enquanto minha mãe não chega do trabalho.

Dou de ombros.

— Quer ir lá em casa? — pergunta ele, soando nervoso. — Podemos... fazer as tarefas juntos. Pode não parecer, mas eu não sou um gênio em redação.

— E eu muito menos — comento logo em seguida e vejo ele apertar os olhos rapidamente. — Mas claro. Por que não?

A primeira coisa que eu noto são as bolhas de sabão. Elas escapam pela janelinha que não é exatamente torta, mas também não é a coisa mais bem pensada do mundo.

Na verdade, nada nessa casa na árvore parece ser simétrico.

— Rodrigo? — chamo, um pouco insegura.

Mais rápido do que eu imaginaria, o cabelo rebelde e escuro dele aparece na janela lateral, os olhos azuis por trás de óculos escuros.

— Ei, seu imbecil — digo sem muita convicção, mas ele sorri de leve.

— Oi, gracinha.

Rodrigo indica a escada, e eu titubeio por um ou dois segundos, mas acabo subindo os degraus de madeira. Quando me agarro no último, uma mão aparece, e eu a pego. Então Rodrigo me iça para dentro.

— Valeu.

Eu engatinho para dentro da casa da árvore, que, mesmo com duas pessoas, ainda é espaçosa. Escoro as costas na parede mais próxima, e Rodrigo sopra uma onda de bolhas de sabão que estouram pelo meu rosto.

— Então é aqui que você se esconde — murmuro, olhando as paredes cheias de pôsteres: *Kill Bill*, *De volta para o futuro*, *O exterminador do futuro*. Que garoto básico.

— Jujuba?

— É *óbvio* — aceito, e Rodrigo sorri de lado.

Sinto seu olhar em mim quando me passa um pacote de jujubas. Enfio a mão no saco e pesco cinco doces azuis. Ele ergue as sobrancelhas na minha direção, mas me limito a dar de ombros.

— Você pegou todas as azuis.

— São as minhas *favoritas* — murmuro, ainda mastigando.

De repente, ele tira os óculos e desce o olhar para a minha roupa.

— Você está de pijama? São três da tarde, Alice.

Dou uma olhada na minha blusa e franzo a testa.

— Não é um pijama. — Faço uma pausa, olhando a Pequena Sereia estampada na frente da minha camiseta. — Espera, parece um pijama?

— *Claro* que é um pijama. — Rodrigo faz uma careta e me analisa minuciosamente. — Não é?

— É uma camiseta. — Depois de alguns instantes absorvendo a decoração precária da casa da árvore, noto algo em um dos cantos. — Hum... O que é aquilo ali?

Aponto para uma caixa de sapatos.

— São fotos antigas. Da época do ensino fundamental. A Isabelle estava montando um álbum de fotos quando... Enfim. O álbum acabou ficando aqui.

Paro de mastigar e fixo o olhar na caixa, sentindo o coração bater mais rápido.

— Eu... posso ver? — Nem terminei de falar e já estou estendendo a mão.

Rodrigo não hesita ao empurrar com o pé a caixa na minha direção, o olhar curioso pregado em mim. Quando abro o álbum, a primeira foto que puxo é dele e de Caíque lado a lado, segurando varas de pescar e um peixe pequeno em mãos, os dois sorrindo como se tivessem realizado um grande feito.

A segunda foto é de várias crianças na frente da escolinha do primário de Santa Esperança. Encontro Isabelle, Jonas e eu juntos em um canto. Isabelle está sorrindo, Jonas está olhando na minha direção, e eu estou fazendo uma careta, revirando os olhos.

Solto um suspiro e procuro Rodrigo na foto. Vejo que ele está com Caíque, fazendo chifrinhos nos colegas da frente.

— Vocês dois não mudaram nada.

Passo a foto para Rodrigo, que gargalha.

— Nem você.

Ele aproxima a foto do rosto, e eu reparo nas suas mãos trêmulas.

— Continua a mesma de sempre.

Ele corre os olhos pela foto, mas sei que não está olhando a eu de 7 anos eternizada ali. Ele está olhando para Isabelle, e percebo o que este lugar, a casa da árvore, é para ele: um refúgio. A caixa de sapato velha é o jeito que ele encontrou de continuar respirando enquanto a saudade o consome lentamente.

Eu me viro para as fotos, sentindo a garganta fechar e meu coração vacilar de um jeito doloroso, e entendo que, assim como eu, Rodrigo é o tipo de pessoa que foge de si mesmo. O que ele não parece saber é que as pessoas escondem muita sujeira dentro de si e têm medo de que os outros descubram. Mal sabe ele que todo mundo é inabitável por dentro.

— Na verdade — diz Rodrigo baixinho —, você é a única de nós que mudou, Castello. Para melhor.

Quando crio coragem de olhar na direção dele, meus olhos se enchem de lágrimas, porque ele está com a cabeça entre os joelhos e os soluços que escapam dele são o tipo de coisa capaz de ferir a alma de qualquer pessoa.

Quando tento me aproximar, vejo outra caixa.

Essa é de madeira e, quando a pego, vejo as palavras gravadas ali. Imediatamente, sinto a casa da árvore girar ao meu redor.

**Para Rodrigo,
que precisa se lembrar
de que se perder dentro de si mesmo
também é se encontrar.**

Não consigo achar nada para falar, então apenas engatinho na direção de Rodrigo e seguro os braços dele, sentindo sua pele quente e seu cheiro, que ainda não sei definir. Sol quente, algodão, limão-siciliano, erva-doce, açúcar, saudade. Dor.

Ele apenas soluça em silêncio, e minhas mãos desesperadas procuram o rosto dele, erguendo-o. Rodrigo está de olhos fechados, e as lágrimas ensopam toda a frente de sua camisa e escorrem pelo rosto como nascentes. Faço o possível para enxugar todas.

— Rodrigo — chamo baixinho, sustentando a cabeça dele.

Mas ele nem ao menos abre os olhos. Me sinto entrando em uma espécie de estado de choque.

Quando finalmente me olha, reparo com certa culpa que seus olhos azuis beiram o cinza. Imagino que um lago congelado tenha o mesmo tom e a mesma frieza. O silêncio que nos cerca é sufocante, e as lágrimas dos olhos de Rodrigo não param de cair. Não pela primeira vez, penso na caixa, no que ela pode significar. Não sei o que posso dizer para Rodrigo.

A Isabelle que ia entregar essa caixa para o Rodrigo... Eu não sei quem ela é. Não sei nada sobre essa caixa. Não sei nada sobre a garota *dentro* dela.

— Você pode arrebentar o cadeado — sugiro, depois de alguns minutos de silêncio.

— Não vou fazer isso — responde ele prontamente, e a raiva contida em sua voz me faz franzir a testa.

Eu recuo alguns centímetros.

— Eu...

Engulo em seco.

Eu o quê? Eu *o quê*, inferno?

Não sei lidar nem com as minhas *próprias* questões.

Não consigo entender o que está acontecendo dentro de *mim*.

Como posso ajudar Rodrigo, se não consigo ajudar a mim mesma?

Depois de Thiago... Depois de Isabelle... Depois de tudo que houve.

Não posso. Simplesmente não posso.

Faço que não mais de uma vez e levo a mão à cabeça. Minha voz trêmula sentenciando minha relação com Rodrigo.

— Eu... Eu sinto muito.

Eu me inclino na direção da porta, mas Rodrigo agarra meu tornozelo, e me viro na direção dele.

— Por favor — pede ele, os olhos implorando. — Fica.

— Desculpa — repito, então Rodrigo me solta.

Eu vou para a escada e agarro o primeiro degrau no momento em que as lágrimas começam a nublar minha visão.

A caixa de Isabelle ficou para trás, assim como Rodrigo Casagrande, várias fotografias antigas e uma casa da árvore cheia de segredos e sonhos pregados nas paredes. Assim como a esperança de que aquele garoto quebrado pudesse se tornar algo inteiro novamente.

Não pare de tentar, Rodrigo. A voz de Isabelle é nítida dentro da minha cabeça, e é exatamente de coisas assim que não posso fugir.

Por favor, não pare de tentar.

Inspiro. Expiro. Inspiro. Expiro.

E tento não entrar em desespero.

OS DOZE TRABALHOS DE RODRIGO

— O que acontece quando dois mundos colidem?
Essa é fácil, pensei. *Caos e destruição*, foi o que respondi.

Me impulsiono no balanço que fica no fim da rua sem saída onde ficam as casas das garotas que assombram minha vida.

Uma delas está enterrada a sete palmos, apodrecendo lentamente embaixo da terra, e eu nem sequer lembro quais foram suas últimas palavras.

A outra...

A outra não parece notar que estou aqui enquanto coloca o lixo para fora, com um pijama de cavalos-marinhos e pantufas rosa-flamingo.

— Bom dia — digo.

Assim que ouve minha voz, Alice quase derruba o latão de lixo ao dar um pulo e me lança um olhar irritado e sonolento.

— Muito cedo?

— *Jesus Cristo*.
Ela meio que se apoia na lata de lixo, quase cuspindo os pulmões, e dou uma risada alta, mesmo que o olhar dela transpareça raiva.

Se coisas invisíveis aos olhos mortais pudessem ser vistas neste momento, uma linha estaria delimitando nossos caminhos.

Faz uma semana que não nos falamos, desde que ela foi embora da casa da árvore. Eu contei os dias, o que pode soar patético, mas não era minha intenção. Não quero pensar no que *ela* deve ter pensado enquanto ficamos sem trocar mensagens, enquanto ela continuou vivendo e andando com Jonas, enquanto...

Meus olhos percorrem a curva de seu pescoço, seus olhos castanhos com cílios pretos e retos, seu nariz pequeno. Se eu tivesse um pedacinho de carvão e uma folha em branco, desenharia as sobrancelhas escuras de Alice unidas em um gesto de desconfiança.

— Nunca mais faz isso — murmura ela baixinho, mas ainda assim de forma ríspida. — É sábado de manhã.

Ela fixa o olhar em mim, mas não parece me ver. Ela inclina a cabeça de lado e então olha para a casa do outro lado da rua como se tivesse entendido algo.

— É por causa da...

(Eu estou aqui enfrentando fantasmas por quem?

Isabelle

Ou

Alice?)

— Não — corto rapidamente. Não é por Isabelle, afinal de contas. — Eu preciso te pedir uma coisa.

— Não posso te ajudar com a caixa, Rodrigo. Não sei nada de útil, eu já dis...

O jeito que ela fala meu nome dói como se estivesse enfiando farpas direto no meu coração.

— Não é sobre a caixa — interrompo outra vez.

Tento não parecer impaciente, mas a linha que nos separa ainda está ali. Estou parado, com medo de atravessá-la, e Alice não faz um movimento sequer para mudar essa situação. Não falo para ela que enfiei a caixa de Isabelle no fundo do armário, atrás dos sapatos que nunca uso. Não conto que senti vontade de destruí-la. De jogá-la no lago. Não faço isso. Sou covarde demais. Respiro fundo.

— É sobre nós dois.

O sorriso que ela abre é pequeno, mas meio sádico e melancólico.

— Não existe *nós dois*.

Ela também é boa com respostas.

— Mas existe você e eu, Alice.

Por hora, isso basta. Deve bastar. *Tem que* bastar. Balanço a cabeça.

— Quero te propor um acordo — digo.

— Sem acordos.

Ela se afasta, dando um passo para trás, e abraça o próprio corpo. Acuada. Hoje, ela é o antílope.

Passo os dedos pelo cabelo para conter a minha irritação. É difícil manter a calma toda vez que Alice recua e ergue muralhas entre nós. Mas também é difícil manter a raiva quando a vejo esperando algo de mim, como está fazendo agora mesmo.

— Vai ter uma FS amanhã — falo devagar, desviando os olhos.

Ela não responde, mas ainda sinto seu olhar em mim. Observo-a de soslaio e a vejo trocar o peso do corpo de um pé para o outro.

— Eu sei — diz ela, soltando o ar com força. — Recebi a mensagem.

— Vai comigo — peço, olhando na direção dela.

Tudo que Alice faz é me encarar, os olhos correndo pelo meu rosto freneticamente. Ela hesita ao abrir a boca, me encarando no fundo dos olhos.

— Não sei se é uma boa ideia — responde de modo mecânico.

— Por quê?

— Porque as pessoas podem falar... sobre você. Sobre mim.

— Eles podem falar o que quiserem. Eu não ligo.

— Mas *eu* ligo. — Ela tomba a cabeça de lado.

— Bem — abro os braços em um movimento teatral —, a gente ir para uma festa junto não é o fim do mundo.

— Talvez não para você. — Ela aperta os próprios braços, os dedos nervosos. — Mas a Isabelle...

— Não.

Ela franze o cenho, quase chocada.

— Não? — repete.

— Não. Não vamos falar... *dela*.

— Rodrigo. — Alice solta uma risada incrédula. — Eu sabia que você era... Sabia que você era... — Ela faz um gesto na minha direção, como se dissesse "olhe só para você". — Mas não falar sobre a Isabelle...

— Alice.

— ... é *injusto*. Ela era minha melhor amiga.

— E eu amava ela — digo, então enfio as mãos trêmulas nos bolsos da calça. — Eu amo... Eu... Ela é...

Engulo em seco.

— Ela *era*...

Alice me observa como se estivesse analisando todos os prós e contras.

— É só uma festa, Alice — repito, e ela suspira não uma, mas três vezes.

— Ok — responde, finalmente.

— Ok?

Quase engasgo, mas tento disfarçar a surpresa.

— Ok tipo "ok, vamos"?

— Ok tipo "ok, vamos".

Ela assente, um pouco rígida.

Quando está prestes a virar as costas e se afastar, consigo reencontrar minha voz.

— Eu venho te buscar.

Alice acena uma vez, então me dá as costas e volta para a casa.

Simples assim, ela escorrega por entre meus dedos, como fumaça, água e ar.

E se vai.

Quando volto para casa, percebo que meu padrasto está lá.

Sei disso porque, mesmo com a janela e a porta fechadas, consigo ouvir os gritos dele.

Na verdade, é isso o que me faz, com o coração subindo até a boca, dar meia-volta, descer três ruas e virar à direita — dessa vez, estou indo direto para a casa de Caíque. Não sei por que continuo fugindo dele, mas acho que, na verdade, estou fugindo da minha mãe.

Ela não tem coragem o suficiente para me pedir ajuda, mas precisa disso. Precisa de mim, e eu não consigo ser forte por ela. Não enquanto não conseguir ser forte nem por mim mesmo. Em horas como essa, entendo que sou só um figurante atravessando a rua, no fundo do cenário.

Eu perdi o protagonismo da minha vida.

Caíque abre a porta de cabelo molhado e tenta disfarçar a surpresa ao me ver. Ele logo me puxa para dentro, sem perguntar nada.

— Cara.

Desmorono, apoiando a testa no ombro dele.

— Minha cabeça dói. Meu peito dói. Acho que eu vou morrer.

— Você não vai morrer.

Caíque me segura antes que eu despenque, e tudo ao meu redor gira e gira e gira. Eu tenho 5 anos e estou em um carrossel rápido demais, com luzes demais. Vou desmaiar. Vou vomitar.

— Não comigo aqui, Casagrande.

— Só me deixa morrer — peço, e Caíque bufa enquanto me arrasta até o quarto dele e me deita em sua cama.

— Achei que suas crises tivessem passado. — Mesmo que ele não soe preocupado, percebo que está.

— Eu também *achei*.

O fundo dos meus olhos dói. É como se eu estivesse sendo acertado por um martelo de ferro na cabeça, e tudo estremece e desvanece. Quando abro os olhos, dói ainda mais, então volto a fechá-los.

— Fica aqui — diz Caíque, mas eu já não consigo ouvir nada além do zumbido estático que rasga minha cabeça de lado a lado.

Tento respirar, mas um peso de setecentos quilos foi colocado em cima do meu peito, então puxo o ar com dificuldade.

— Vou buscar uma toalha molhada.

— Caíque? — balbucio e, com os olhos semicerrados, seguro seu pulso antes que ele saia do quarto. — Não vai.

— Preciso ligar pra sua mãe. Preciso chamar a *minha* mãe. Aguenta firme. Eu não vou a lugar nenhum. Nem você.

Assinto devagar, sentindo meu peito e minha cabeça pesando toneladas.

— Aguentar — murmuro.

Espero que o universo escute. Espero que ele veja os destroços dentro de mim e que ainda estou de pé.

— Eu aguento.

Posso continuar aguentando.

Muito bem, universo.

Esse ponto ainda é meu.

Eu ainda estou de pé.

É meia-noite.

E o mundo não acabou.

Espero que isso signifique alguma coisa.

Eu sou um exímio contador de mentiras.

Foi algo que precisei aprender para sobreviver. Mas eu nunca minto para as outras pessoas. Eu só minto para mim mesmo e às vezes acabo acreditando nas bobagens que invento.

Como agora, por exemplo.

Repito para mim mesmo que ir até essa festa com Alice Castello é uma boa ideia.

É uma boa ideia. É uma boa ideia. É.

Antes que eu me sente na grama orvalhada, a porta dos fundos da casa de Alice se abre silenciosamente. Quando ela pisa no meu pé sem querer, mordo a parte interna da bochecha para não reclamar de dor.

— Você tá dormindo aí ou o quê? — resmunga ela, e só consigo pensar no *ou o quê*.

Com certeza *ou o quê*. Meu Deus, que merda está acontecendo com o meu cérebro? Por que estou pregando peças em mim mesmo desse jeito?

Dou uma olhada rápida nela, e algo parece fora do lugar.

— Espera, cadê o tema da noite?

— O tema da noite é saudade — diz ela, como se fosse óbvio.

E é óbvio. Mas não vejo o tema nela.

— Sim, mas saudade dos anos 90.

Mesmo que eu não consiga vê-la com clareza, tento procurar qualquer coisa que possa ser seu tema.

— Vamos.

Ela faz menção de começar a andar, e eu a seguro pelo braço com suavidade.

— Aonde você vai? — pergunto.

Tento não apertá-la, mas meus dedos se enroscam na pele dela com mais facilidade do que deveriam.

— Pegar minha bicicleta — responde Alice, e eu sorrio, sem largá-la.

— Tudo bem, Castello. A carona hoje é por minha conta.

Todo mundo anda de bicicleta no interior, ainda mais no interior de um estado quase cem por cento agrícola como o nosso. Para mim, tem um quê de liberdade e selvageria e veracidade em se colocar em movimento assim. É primavera. Equinócio é uma das minhas palavras favoritas. Estou tentando pensar em qualquer coisa que não sejam as mãos de Alice me segurando, me sustentando. Não sei bem.

Mas, de qualquer forma, estou aqui.
Ela está aqui.
E o universo está firme acima de nós, com pó de estrelas, as estrelas em si, nenhuma lua e uma sinfonia de grilos. Logo estará quente o suficiente para que os vagalumes possam sair e brilhar entre as árvores.

— Céu de brigadeiro — murmura Alice nas minhas costas. Embora seus dedos sejam longos, ela tem mãos pequenas e quentes. Ou talvez eu esteja quente. Ou talvez o mundo ao nosso redor esteja frio demais.

— A Isabelle que chamava assim.

Duas coisas acabaram de acontecer. A primeira é que o nome dela saiu com mais facilidade do que eu imaginei. Involuntário, até. A segunda é que acabei de invocar todas as noites em claro que passei com Isabelle. Eu achava que fossem muitas, mas agora olho para todas e penso que são quase nada perto das noites vazias que virão depois de perdê-la.

— Eu sei.

Alice dá uma risadinha sem graça.

— Fui eu que ensinei essa expressão pra ela.

Talvez um pedaço do universo tenha caído agora mesmo.

Não sei por quê, mas enfeitaram o Buraco com lanternas de papel. Parece uma ideia da Teresa. Esse lugar todo é uma ideia da Teresa, que lentamente se tornou seu projeto pessoal e desafio autoimposto.

— Ok, isso tá *muito* bonito — comenta Alice.

Ela está ajeitando a jaqueta jeans e tirando o cabelo de dentro da blusa com a graça de um elefante.

Olho para ela por um momento e, então, a vejo.

— É — falo, sem olhar para as lanternas de papel. — É mesmo. Ela nem ao menos se vira para mim, está focando os pedaços de papel com chamas concentradas. Mesmo aqui de fora, consigo ouvir o karaokê lá dentro. Não sei por que trouxeram um karaokê. Prefiro muito mais quando as pessoas ficam altas sem música. É mais íntimo, pelo menos.

— Vamos entrar.

Guio Alice para dentro enquanto seus olhos castanhos cálidos e pequenos dão adeus às lanternas que enfeitam a entrada. Mas ela logo deixa esse pequeno detalhe para trás e é engolida pelo barulho que nos engloba assim que passamos pela porta de ferro fundido, que é grande, pesada e está mal lubrificada.

Colocaram luzes por todo o lugar, uma máquina de fumaça e velas em grandes lanternas de papel vermelhas penduradas por boa parte do primeiro andar. Não entendo o que isso tem a ver com os anos 1990.

O sorriso que ela me lança é esperançoso, tímido e brilhante. Tudo ao mesmo tempo. Eu adoraria poder gravar esse momento para poder revê-lo, mas me contento em capturar com o olhar o que ela me oferece por breves instantes. Pisco uma vez: clique, armazenado com sucesso.

Espero que a noite nunca termine, e ela acabou de começar.

Uma das minhas canções favoritas começa a tocar no karaokê. A letra diz que a música é para os homens tristes. Conheço esses versos e, quando vejo, estou cantando mentalmente enquanto pego as bebidas. Duas latas de Sprite. O pessoal é no mínimo consciente e levou coisas para comer dessa vez, então pego um pacote de bolachas Trakinas. Não comi nada durante a tarde, só fiquei na casa da árvore, lendo umas HQs do Caíque e ouvindo música, e meu corpo parece implorar por açúcar.

— E aí? — Teresa está usando um macacão jeans e com muito glitter no rosto, além de uma sombra verde-limão. — Como você está?

— Acompanhado. — Ergo a segunda lata de Sprite, e ela dá uma risadinha diabólica. — E você?

— Solteira. Vendo meu ex-namorado conversando com a ex-namorada dele, que, por sinal, veio com você.

Teresa revira os olhos de uma forma estranhamente fofa.

— Não sei por que você mandou aquela primeira mensagem pra ela.

— Alguém precisava mandar — respondo, desconfortável.

As luzes bruxuleantes a cercam num vaivém macio e cronometrado, quase como uma onda indo em direção à praia, em tons de azul, rosa e lilás. Combinam com a fumaça, as velas, as lanternas e a música.

— Rodrigo. — Ela fala meu nome como se fosse uma vírgula, uma dor, uma pausa necessária; basicamente um suspiro profundo. — Olha só pra você.

Alguém chama o nome dela, e Teresa se vira na direção da voz, mas hesita.

— Talvez você precise disso. Olhar pra você mesmo, não ao redor. Tá?

Ela dá um passo para ir contra a maré de corpos que nos cerca, mas então para e se vira novamente para mim. Depois disso, as pessoas ao nosso redor a engolem, e o cabelo loiro dela some.

Eu não faço ideia do que acabou de acontecer.

Encontro Alice sozinha.

Noto pela primeira vez que ela está usando botas azuis, saia jeans, meia-calça preta e uma camiseta amarela e marrom. Ela passou maquiagem, algo cintilante nos olhos e brilho nos lábios. Estrelas brilham atrás das minhas pálpebras quando bato a cabeça na barra de ferro, tentando subir no telhado. Quando pergunto o que está fazendo ali, ela diz algo sobre querer pular, mas é uma voz morna e distante, então eu digo que é bobagem pular quando já se sabe o que vai encontrar no chão.

Ela não foge mais.

Tiramos algumas fotos — ela sorri em todas, principalmente naquela em que roubo a câmera. Bebo, bebo, bebo, bebo, bebo. Alice sorri para mim, por mim, comigo, aqui perto. Ela dança em cima de uma mesa, rouba uns óculos escuros de alguém.

A noite acabou de começar e já estou bêbado.. Ela está *completamente* bêbada. Fumamos um cigarro normal, não maconha. Ela tosse, lágrimas saindo dos olhos. Afirma que nunca mais vai fumar. Eu fumo até o final, mas também prometo nunca mais repetir a experiência. Ela me conta duas histórias, ajeita a saia, e eu esqueço o que ia dizer. Ela aponta para o céu e diz o nome do que eu acho que são constelações. Já não consigo prestar atenção. O cheiro *dela* me eleva a uma altura totalmente diferente.

Meus dedos esbarram nos dela, nossas mãos fogem, mas nossas bocas correm. Alice suspira na minha, entreaberta, e eu chamo o nome dela como se fosse uma oração. O cabelo dela, colorido e macio, nos meus dedos. Seguro algumas mechas e então sua nuca. Quando a seguro perto de mim, sei que encontrei o fim do arco-íris.

Encosto minha boca na dela, e Alice recua, nossos olhos piscando em sincronia. No segundo beijo, é ela quem avança. Seguro seu queixo com uma mão e esqueço quem eu sou. Esqueço meu nome, esqueço onde estou.

Quando me afasto de Alice, olho para o céu. Acabei de beijar a melhor amiga da minha namorada morta. A melhor amiga da minha namorada morta acabou de me beijar. Ela chora enquanto me beija e chora quando termina de me beijar. Ela me bate três vezes no peito e soluça. Eu beijo a ponta do seu nariz. Queria poder dizer que estávamos certos sobre o amanhã, mas a noite já acabou faz um bom tempo, e não sabemos se vai haver um amanhã para nós.

Então, eu a seguro. Prometo para o silêncio dos grilos, para a escuridão dos vaga-lumes, para os primeiros raios de sol. Prometo que, enquanto o universo não desmoronar, vou segurar essa garota.

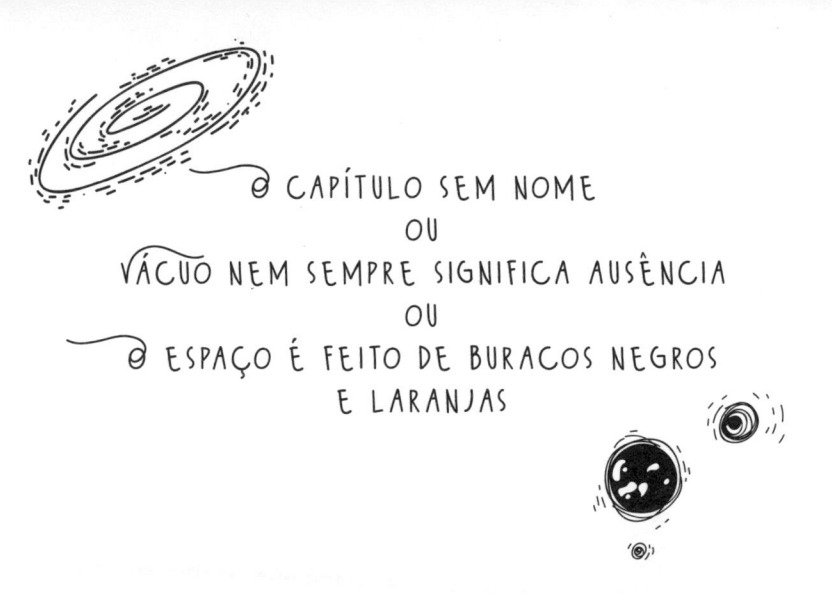

CAPÍTULO SEM NOME
OU
VÁCUO NEM SEMPRE SIGNIFICA AUSÊNCIA
OU
O ESPAÇO É FEITO DE BURACOS NEGROS E LARANJAS

O sol também se levanta às segundas-feiras. Especialmente nelas. Acho que não acordei a tempo de ir para a escola, acho que não estou em casa. Abro os olhos sonolentos e pesados como tampas de ferro, úmidos e presos numa vontade de apenas dormir novamente. Estou em casa, mas dormi no quarto proibido — o do meu irmão. Me sento na cama, sentindo um gosto de abacaxi azedo e velho na boca. É doce demais, amargo demais, e meus dentes doem. Não sei bem como acabei aqui.

Esfrego os olhos, a maquiagem de ontem carimba a ponta dos meus dedos, e eu bocejo tão, tão, *tão* forte que ouço minha mandíbula estalar. As cortinas de tafetá cinza-chumbo estão fechadas, como sempre ficam. *Ficavam*. Não sei.

Parece ser cedo, mas aposto que já deve passar das nove da manhã. Já perdi duas aulas, já perdi a manhã de escola. Vasculho o cérebro, tentando me lembrar de qualquer informação que possa me acalmar, mas só consigo pensar nos vestibulares e no Enem.

Meu celular está tocando, e eu o pego para colocar no modo soneca, então vejo o número desconhecido brilhando na tela. Alguém está me ligando. São quase *onze* horas da manhã. Atendo, sentindo meu coração afundar ao ver o código de área da capital. Minha boca ainda está levemente adormecida e meio mole, mas atendo mesmo assim.

— Alice? — A voz é masculina.
— Hum, oi? Sim, sou eu.
— Oi. — O suspiro aliviado é audível do outro lado da linha.
— Aqui é o Túlio. Lembra? Amigo do Thiago, seu irmão.

O colega de quarto do Thiago. Nós nos conhecemos na Páscoa, quando Thiago ligou no meio do caminho e avisou que estava levando um amigo para passar o fim de semana com a gente. "A mãe vai odiar ele", falou meu irmão, rindo, por causa das tatuagens, dos palavrões e do cabelo cortado com uma tesoura cega de jardim de infância. Ou por uma junção de tudo isso, no fim das contas.

As memórias do meu irmão me atingem com força, como um murro na boca do estômago, e de repente desaprendi todas as palavras que conheço.

— Oi, Túlio.

Levanto da cama, me sentindo pesada e lenta como um trator. Junto minhas botas sujas do chão com cuidado, equilibrando o celular na orelha, enquanto tento me manter na vertical.

— Oi. — Ele pigarreia do outro lado, como se estivesse desconfortável. — Tô ligando porque achei umas coisas do seu irmão no quarto que era dele. Eu tô me mudando, então se você puder buscar a caixa, eu vou ser muito grato, tipo, muito *mesmo* e...

— Espera. — Não faço ideia do que ele acabou de falar, meu Deus. — Você pode repetir o que veio depois de "ligando"?

— Vou me mudar em dois dias — diz ele, devagar.
Eu sinto cada palavra. É o prenúncio de algo maior.
— As coisas do seu irmão ainda estão aqui. Roupas, CDs, livros, drogas, tudo.
— Drogas?
Tropeço no meu próprio pé e quase dou de queixo na parede mais próxima depois de sair do quarto do meu irmão.
— Era uma piadinha. — Ele riu, sem graça, do outro lado. — Sua mãe disse que viria buscar as coisas dele, mas nunca veio, e agora ela não atende o telefone. Não tenho como levar essa caixa pra onde eu vou, então acabei olhando meus contatos e achei seu número.
Ficamos alguns segundos em silêncio, e ele me permite absorver tudo com calma.
— Alice... — chama Túlio, mas eu limpo a garganta, sabendo que meu tempo acabou.
— Me espera aí — digo, indo procurar um par de meias limpas. — Vou aí hoje mesmo.

Rodrigo Casagrande diz: oi.

Rodrigo Casagrande diz: sou eu.

Rodrigo Casagrande diz: acho que deu pra ver pelo nome, mas é isso aí.

Rodrigo Casagrande diz: só estou mandando essa mensagem para informar que caso precise curar a ressaca é só falar comigo.

Rodrigo Casagrande diz: estou na casa da árvore, caça-palavras, chá de boldo e jujubas azuis.

Alice Castello diz: Vc tbm não foi pra escola? Espera, eu não devia estar chocada, mas ok. Não posso, estou indo pra rodoviária agora. E eca: chá de bolso é HORRÍVEL

Alice Castello diz: boldo*

Rodrigo Casagrande diz: você o que???

Alice Castello diz: Eu meio q vou para a capital só hj. Preciso buscar umas coisas lá, mas o Jonas está na escola...

Rodrigo Casagrande diz: vc quer companhia

Alice Castello diz: Isso foi uma pergunta?

Rodrigo Casagrande diz: seria se tivesse um ponto de interrogação no final. foi uma afirmação. vc tem um péssimo senso de direção.

Rodrigo Casagrande diz: eu vou junto

Alice Castello diz: Acho q isso tbm não foi uma pergunta

Rodrigo Casagrande diz: q bom q está acordada o suficiente pra entender

O guarda-chuva vermelho é pequeno demais para nós dois, então Alice corre na frente com ele. Ando na chuva, mais molhado do que achei que um chuvisco fino e tímido como esse fosse me deixar. A rodoviária é como esta cidade: pequena, cinza e desconfortável. Cinco bancos de plástico amarelo-gema, seis pequenos portões de embarque e dois caixas para comprar bilhetes.

Pagamos meia passagem, compramos para o horário do meio-dia. Então só resta esperar.

Esqueci de comprar algo para comer, então me sento ao lado de Alice, que carrega uma lancheira repleta de dinossauros coloridos. Ela a abre com o olhar vagando entre mim e o zíper. Sanduíches quentes e Coca-Cola. Essa garota é minha ruína e minha salvação.

— Você cozinhou — falo, realmente impressionado, mas ela não parece acreditar nisso e apenas me fuzila com o olhar. — Está com um cheiro bom.

— Eu só *preparei* — corrige ela, mas soa envergonhada. — É diferente.

O cabelo dela está ondulado, em uma confusão selvagem de cores, e preso em dois coques. Hoje, ela está usando calça jeans, uma camiseta vermelha de mangas compridas e um tênis velho, com torres riscadas nas laterais brancas com canetinha preta.

— Aqui.

As mãos de Alice me entregam uma lata de refrigerante e, para minha surpresa, está gelado. O sanduíche é um queijo quente, algo que as irmãs mais novas de Caíque fariam. Engasgo com o pão ao pensar nisso.

— Está muito ruim? — pergunta ela. — Você pode beber só o refrigerante, se quiser.

— O quê? Não.
Puxo o celular e mando uma mensagem rápida para o Caíque. ESTOU FORA HOJE. LIGO QUANDO VOLTAR. TE AMO. Leio a mensagem três vezes rapidamente, então apago as duas últimas palavras e mando um emoji de sorriso no lugar. Ele vai entender. Olho para Alice, que ainda está ressentida porque me engasguei com o sanduíche, e escrevo quase quebrando o celular: TE. AMO. Envio. Espero. Nada vem de volta.
— Era o Caíque. Eu não tinha falado que ia com você.
— Porque você não ia. — Ela me olha de esguelha, desconfiada.
Trato de comer o sanduíche logo, porque estou com fome e porque sei que ela está chateada. Talvez não comigo, por enquanto. Mas com *algo*.
— Você está bem? — pergunto, tomando um gole do refrigerante.
— Com frio, eu acho.
Reparo que ela não trouxe nenhum casaco. O céu está mesmo cinza, e já chove demais dentro de gente que nem Alice Castello. Por isso, tiro a jaqueta e entrego para ela. Está um pouco úmida por causa da garoa que peguei, mas Alice some dentro das mangas e o rosto se enterra na gola — o capuz é grande demais para ela.
Nem mesmo os pés dela tocam o chão quando ela cola as costas no assento do banco amarelo-gema. Meus dedos seguram os pulsos dela para que eu possa dobrar as mangas compridas demais e, quando pele esbarra em pele, vejo um rastro de luz, como se o sol brilhasse embaixo, por dentro, por todo lugar em nós.
Meus dedos passando um por um pelos pulsos dela enquanto ela se encolhe, engolindo em seco.
Então esperamos.
Dessa vez, não sei bem pelo quê.

O beijo é um lembrete que excomunga de dentro para fora. Primeiro, queima dentro da minha cabeça, a memória como uma luz branca que cega e dói. Quero pensar nisso, mas não quero pensar nisso ao lado *dele*. Perto demais, logo aqui. Parece importante demais, ridículo demais. Ele lembra? *Lembra?* Eu quase não lembro. É isso o que torna tudo um caos. Eu nem ao menos sei com certeza o que falei, como o beijei, se *realmente* o beijei. Eu estava bêbada?

Ok, talvez um pouco.

Talvez o tanto que podia me permitir, na verdade. De qualquer forma, foi o suficiente para minha memória pifar, pelo jeito.

As mãos dele estão inquietas. Ele parece nervoso.

Talvez suas lembranças sejam melhores que as minhas. Talvez ele esteja arrependido de ter vindo hoje. Talvez esteja arrependido de ter beijado quem eu era ontem. Os três pontos para pertencer a alguém são químicos. Existe um ponto de ebulição, um de fusão e um de cisão. Estamos em algum lugar perto de nos encontrarmos na metade do caminho.

Não esperamos mais.

O ônibus chega, e conto as janelas uma por uma.

São todas nossas.

Estamos na estrada há vinte minutos. Alice não abriu a boca para nada até agora, então estou sentado do lado de uma estátua. Ela está tão rígida e reta no banco — o rosto virado para a janela enquanto borrões cinza, verdes e azuis passam do lado de fora — que não sei o que falar. Será que ela quer conversar?

Talvez eu queira. Retorço os dedos, então afundo no meu banco, tentando não parecer mal-humorado, mas um suspiro acaba escapando. É meio inevitável, na verdade.

Ela está agindo como se nada tivesse acontecido, como se eu não tivesse a pegado no colo, a beijado até ela gemer meu nome, e então a levado para casa, colocado ela na cama do quarto do irmão e ido embora, prometendo que ligaria no dia seguinte.

Quem é a cretina agora, Alice Castello?

— Você está me deixando nervosa — resmunga ela, olhando de maneira sugestiva para o meu pé esquerdo, que estou batendo no chão em um ritmo acelerado e involuntário. — Se arrependeu de ter vindo?

Ela se vira para a janela de novo, e uma vontade gigantesca de chacoalhá-la me toma. *É sério isso?*

— Por que você acha que me arrependi? — pergunto, por fim. Tenho direito a essa dúvida, afinal. Ela *não pode* ficar com tudo para si. Eu também mereço perguntas respondidas.

Mas
ela
simplesmente
dá
de
ombros.

Assim mesmo. Um suave "tanto faz" desenhado com as curvas dos braços, subindo e descendo como se fossem asas se sacudindo. Sinto vontade de agarrar a mão dela e a puxar para perto. Sinto vontade de segurar suas bochechas e de beijá-la como se quisesse quebrar algo dentro dela. Sinto vontade de gritar para que Alice ouça o que estou tentando dizer.

Mesmo que até agora eu não tenha dito nada.

Ela puxa as cortinas azul-escuras, cortando o mundo exterior do nosso campo de visão, e cruza os braços, olhando para o encosto do banco da frente. Parece... decepcionada. Frustrada. Com algo. Com *alguém*.

— Você...? — começo a dizer, e ela também. Paramos de falar juntos.

Você... O que ela quer saber de mim? O que ia perguntar? Ia perguntar algo mesmo ou só ia pedir licença para ir ao banheiro? Era importante? Era algo que ela precisava falar com urgência, assim como eu, neste momento?

— Você primeiro — cedo, nervoso, borbulhando de dentro de para fora.

O Monstro Cinza não está dormindo agora. Na verdade, está muito confortável dentro de mim, de olhos abertos, espiando entre as persianas da minha pele. Até mesmo ele se sente curioso perto de Alice. Inseguro, posso arriscar. Isso faz com que eu pense que, se algo como ele não sabe o que esperar dela, quem sou *eu* para tentar entender o universo que se expande atrás daqueles olhos castanhos.

— Não.

Ela balança a cabeça, e a palavra do dia é *resolução*. É o tipo de coisa que deveria ser cortada, mas que teimamos em permanecer sendo: resolutos.

— Fala você — diz ela.

Uma ordem. Ela é boa com ordens, apesar de não mandar em nada, muito menos em si mesma, quando Isabelle era viva. Agora, olha só. Ela tem uma voz. Ela sabe usá-la. Eu sou sua cobaia.

Então, eu falo. *É possível...?*, grito em silêncio, dentro da minha cabeça, enquanto meus dedos entendem o recado e seguram a mão dela. *É possível amar duas pessoas?*

Uma que vive em mim e já partiu, e outra que vive aqui e se recusa a partir e a ser partida?
É possível?

Ele dorme. Mesmo dormindo, ainda fala. Às vezes, acho que chama meu nome. Ele tem um sono instável e está todo torto, encolhido, se virando na minha direção, as mãos soltando as minhas, enquanto o pescoço dele procura o meu e ficamos ali.
Como ele queria, afinal.
Na metade do caminho.

— Uma parada rápida — diz a voz de Alice, próxima demais, e sinto seu hálito nas minhas pálpebras.
Ela parece estar cansada, então me ancoro no mundo dos acordados mesmo que meus olhos estejam cansados e pesados. Ao meu lado, ela se estica como uma gata saudando o sol. Alice já puxou as cortinas, o sol amarelo-pálido entrando, construindo uma rede de calor que se enrosca ao nosso redor.
— Isso é bom — digo, ainda me sentindo à deriva.
O calor, o sol. É realmente bom. Estava farto de dias cinza, e é bom saber que fora daquela redoma temos sol, temos vida, temos…
— Laranjas. — A voz dela se anima ao olhar pela janela.
Uma banca de frutas de beira de estrada. Alice parece contente, mesmo que a última coisa que eu queira no momento seja descer do ônibus para comprar um saco de laranjas.

A placa verde com letras brancas informa que o nosso destino está logo ali, depois de umas curvas. Me sinto ansioso, meus pés formigam, e estou precisando urgente ir ao banheiro. Então compramos um saco pequeno de laranjas, entregamos duas notas para o vendedor e nos sentamos em cepos de árvores, cortados para parecer bancos, perto do ônibus.

Só quando uma farpa espeta minha bunda e solto um palavrão é que Alice esboça alguma reação ao dar uma risada. Lanço um olhar irritado para ela, que está ocupada demais descascando as laranjas com as mãos, arrancando com as unhas os grandes nacos das cascas bicolores, laranja-verde-verde-laranja. Meus olhos se prendem no movimento metódico de quem já fez isso antes, e vejo mãos de quem segura canetas, e não pesos.

Isso me lembra de que não temos tempo para o futuro.

Ela lambe dedo por dedo e, porra, fico duro só de olhá-la fazendo isso. Eu poderia desenhar essa boca, esses dedos, e poderia me apossar deles por quanto tempo achasse justo.

Desvio os olhos. É demais até mesmo para mim.

Alice dá de ombros, como se estivesse sem graça, e eu entendo.

— Os dez minutos — diz ela, depois de verificar as horas no celular.

Em seguida, ela se levanta sem me esperar, fazendo com que eu a siga.

Alice volta para o ônibus, os braços carregando as laranjas, e finalmente entendo algo que nem ela nem eu falaríamos, mas nós dois sabemos. Eu posso ter beijado essa garota. Posso ter amado sua melhor amiga. Posso saber seu nome, sua idade, a casa em que mora, o pijama que veste, e posso ter visto ela bêbada, sóbria, chorando, de cabelo castanho, azul, loiro, colorido em muitas cores e em verde.

Apesar de tudo isso, ainda estamos em lados opostos da mesma moeda.

Chegamos em Curitiba perto das duas da tarde. Não temos malas como o restante dos passageiros — só duas carteiras, algumas laranjas e um punhado de ansiedade. Não sei para onde vamos, mas Alice parece saber, já que nos guia pelo centro da cidade.

— Ônibus — sugiro quase que de imediato.

O silêncio das estradas curvas e da nossa cidade do interior ficou todo para trás. Ao nosso redor, tudo é caótico, desde os prédios de alturas desiguais, o céu novamente cinza, o dia quente o suficiente para que eu comece a suar parado, até os carros e ônibus laranja, azuis, vermelhos. As estações circulares. Nunca pisei na capital antes, muito menos sozinho.

— Podemos ir de ônibus?

— Não precisa.

Algo no tom de voz dela é novo. Não sei dizer o que exatamente, mas tenho certeza de que nunca ouvi antes.

— É perto da rodoferroviária. Umas... quatro quadras naquela direção.

Ela aponta vagamente para a esquerda.

Ok, faço alguns cálculos. Quatro quadras. Temos aproximadamente vinte minutos de espaços em branco e vácuos para serem preenchidos com conversa fiada ou nem tão fiada assim.

— O que a gente veio buscar?

É uma boa pergunta, penso. Começamos bem, devagar, sólidos.

— O passado do meu irmão — responde ela, sem se virar para trás.

Décimo quarto andar

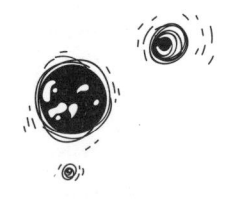

Depois que passou no vestibular para a universidade federal, Thiago foi morar em uma república apenas de garotos perto do Passeio Público — um casarão antigo, de janelas grandes e brancas, com um elevador antigo que precisava urgentemente de uma segunda mão de tinta.

Não pensei muito sobre meu irmão depois que ele morreu, mas aqui estou eu.

— É aqui — falo, sentindo as pernas travadas no lugar.

— Bom, então vamos.

Com a maior naturalidade do mundo, Rodrigo segura minha mão e me arrasta para dentro da república onde meu irmão morou. Não quero pensar em por que não puxo minha mão de volta, mas minha boca formiga ao me lembrar da noite passada, então meus dedos trêmulos apertam os dele e vejo seus olhos se voltarem para mim por um mísero e eterno segundo.

Túlio está nos esperando na entrada, sentado em um sofá de couro antigo. Assim que me avista, demora uns segundos para me reconhecer, então se levanta e me abraça, passando por Rodrigo. Sinto meus dedos se soltarem dos de Rodrigo.

— Alice!

Túlio me gira, e eu acabo rindo baixinho, apertando-o de volta.

— Colorida como sempre.

Assim que me solta, Túlio sorri de lado. Tirando o cabelo, ele parece o mesmo cara de sempre. Túlio mantinha o cabelo alguns centímetros abaixo do ombro, as mechas de tamanhos diferentes, como se as tivesse cortado assim propositalmente.

Mas agora o cabelo dele está ralo e tem um corte simples, apenas uma franja comprida. Ele também está usando um moletom cinza puído e pantufas.

— E você é...?

— Ah, Rodrigo.

Rodrigo se adianta e estende a mão para o melhor amigo do meu irmão, apertando a dele por alguns segundos antes de voltar os olhos para o meu cabelo.

— Túlio, cara. Prazer.

Túlio desvia o olhar, e sinto um arrepio percorrer minha coluna. Então ele sabe, afinal.

— Bom, vamos subir? Você precisa pegar as coisas do Thiago, não é?

— Isso.

Enxugo o suor das mãos na blusa com sutileza, e Túlio faz um sinal para que o sigamos. O caminho é mais silencioso e bizarro do que imaginei. Rodrigo parece verdadeiramente desconfortável com Túlio, ainda mais quando entramos no elevador. Túlio aperta o botão com o número 14, e Rodrigo se espreme do meu lado.

— O que foi? — pergunto, surpresa.

Estou bem consciente do seu braço apertando o meu, da nossa diferença de altura, enquanto ele se inclina.

— Tem medo de espaços pequenos?

— Estou bem.

Ele bufa na minha cara.

Eu cutuco a barriga dele, mas Rodrigo não reclama, apenas franze os lábios e as sobrancelhas.

— É rápido, cara — diz Túlio, mas não se vira para nos olhar. — Aguenta uns cinco segundos aí. Podem usar a escada depois.

Nenhum de nós dois responde. Esse silêncio... é uma guilhotina afiada.

Assim que saímos do elevador, Rodrigo toma a frente, passando por Túlio, e eu seguro a barra de sua blusa, puxando-o para mim. Não quero que ele suma da minha vista. Não nesse estado.

— Eu estou bem — garante ele, soando aliviado.

— Eu sei.

Sou eu que não estou, quero dizer. Minha voz arranha a garganta, e apenas um grunhido neutro escapa. Rodrigo me encara por cima do ombro, e Túlio pigarreia.

— Crianças, por aqui.

Ele gesticula para o fim do corredor, na outra direção. Forço meus pés a se moverem, e Rodrigo me acompanha.

— Ah, não reparem na bagunça, ok? — Túlio dá uma risadinha sem graça e coça a nuca. — Eu estou tentando sair daqui o mais rápido possível.

O lugar parece uma zona de guerra. Não falo nada, mas meus olhos escaneiam lentamente as caixas abertas com roupas, cobertas e outras coisas de Túlio que atolam o chão.

— Ali, aquelas duas. Uma é de roupas, e a outra é de coisas. Seu irmão era muito organizado.

Eu sei. O Thiago... era um caos organizado. Havia sentido nas coisas que meu irmão fazia, nas decisões que tomava. Olho para as caixas. É como um caixão em um velório. Tudo o que uma pessoa foi está contido em um cubículo. Somos assim tão rasos? Tão facilmente apagados?

— Ei, garoto. Vem aqui comigo rapidinho.

Me viro para Túlio, mas ele passou o braço por cima do ombro de Rodrigo, que é um pouco mais alto que ele. Enquanto Túlio o guia para fora do quarto, Rodrigo me lança um olhar de desculpas. Ouço a porta se fechar suavemente e me viro para as caixas enquanto um raio me atinge.

Minhas pernas fraquejam a cada passo que dou e, quando as alcanço, já estou chorando rios. Meus dedos trêmulos circulam as letras toscas de Túlio.

Coisas do Thiago.

Na caixa de baixo, diz: *Roupas do Thiago.*

Eu puxo a fita das laterais com as unhas, e meus dedos não conseguem parar de tremer o suficiente para abrir a caixa. Agradeço por Túlio ter tirado Rodrigo do quarto. Não sei o que faria se ele me visse debruçada em cima de um dos moletons do meu irmão mais velho, chorando como se o mundo dentro de mim estivesse inundando.

Pisco para afastar as lágrimas que caem como gotas de chuva. Enfio a mão na caixa e, quando chego no fundo, minhas unhas raspam algo duro. Puxo e enxugo os olhos, surpresa. É um porta-retratos com uma foto.

Meu olhar se perde na fotografia, e minha mão vacila uma única vez. Olho para a foto e sinto meu estômago se contorcer; meus dedos tremem. Não sei quanto tempo fico encarando, incapaz de assimilar qualquer um dos inúmeros sentimentos que começam a despencar dentro de mim.

Derrubo o objeto sem perceber e só quando a porta se abre de supetão é que volto a mim. Mais rápido do que eu seria capaz de imaginar, meus dedos recolhem a foto no meio dos cacos de vidro e acabo cortando o dedo. Amasso a foto e levo o dedo cortado à boca.

— Alice? — A voz de Rodrigo soa insegura, mas quando vê os cacos de vidro e meu dedo na boca, sugando o sangue, ele avança, chutando as caixas da mudança de Túlio para os lados.

— Machucou? Você se... machucou? Deixa eu ver.

— Foi só um corte.

Tiro o dedo da boca para mostrar, mas um filete de sangue vermelho vívido escorre e, antes que eu possa reagir, Rodrigo o lambe.

— Eca. Idiota.

Ele me ignora, o que, na verdade, não me choca.

— Túlio, você tem um band-aid?

Reviro os olhos, mas percebo que Rodrigo não me encara. O rosto dele está corado, e as pontas das orelhas estão vermelhas também.

— Hum, tenho. Em algum lugar...

Rodrigo suspira, e esperamos pelo band-aid enquanto ele faz pressão no meu dedo com a primeira coisa que encontrou: a barra da própria blusa.

— Você vai se sujar de sangue — digo, mas estou olhando pela janela, que dá diretamente para a rua.

Não está chovendo por enquanto, mas o trânsito segue lento do lado de fora.

— Tudo bem — responde, baixinho, e vejo pela visão periférica que estamos olhando em direções opostas.

Será que vamos viver nesse limbo pelo resto da vida?

— Nada bem.

Jogo a bolinha de papel que era a foto no chão, e ela rola para baixo da cama. Com a mão livre, puxo uma blusa da caixa do meu irmão. Não é a blusa em que chorei, felizmente, então eu a entrego para Rodrigo. Ele parece surpreso e ergue os olhos para mim.

— Tem certeza?

Em vez de responder, apenas gesticulo, empurrando a peça de roupa em sua direção outra vez.

— Hum, obrigado.

Seus dedos se enrolam no tecido, e decido deixar de olhar para as mãos dele.

Alice...

— Oi? — pergunto.

Eu me viro para ele, mas Rodrigo franze as sobrancelhas para mim.

— O que foi? — pergunta ele, confuso.

— Ah. Nada.

Viro o rosto, envergonhada. Era a voz de Rodrigo. Mas... talvez seja eu me lembrando da noite passada. A vergonha que toma conta de mim é tanta que puxo de volta a minha mão assim que Túlio aparece do além, segurando um band-aid.

— Aqui! Fui pegar no quarto do lado, desculpa a demora. Os caras são péssimos com essas coisas.

— Imagino — resmunga Rodrigo, parecendo mal-humorado.

Eu mesma pego o band-aid e o coloco.

— Ei, tem algum banheiro que eu possa usar?

— Você está na frente de um, é só abrir a porta.

Túlio indica a passagem com o polegar, por cima do ombro. Rodrigo sai, e eu fico sozinha no quarto com Túlio. O silêncio não dura cinco segundos, e limpo a garganta, procurando algo para falar.

— Então você achou a foto — diz Túlio, antes que eu possa pensar em algo para iniciar *aquela* conversa.

Eu assinto uma vez.

— Cadê?

— Joguei fora — murmuro, guardando as coisas do Thiago novamente dentro da caixa e a fechando com a fita. Qualquer coisa para evitar o olhar curioso de Túlio.

— E esse garoto... é o mesmo garoto que...?

— É, é ele.

Paro de arrumar a caixa e endireito as costas, me virando para Túlio.

— Mas, Túlio, por favor, não se mete nisso.

— Mas você sabe...

— Não é *realmente* da sua conta, é? — interrompo, sem encará-lo.

Túlio dá de ombros e se senta na cama, cruzando as pernas.

— Sei lá, me interessei pela sua reação. Não é estranho? Estar desse lado da situação, eu digo. Antes era a Isa...

— Túlio, eu juro que, se você continuar falando, vou te dar um soco. Não se mete nisso.

Não era para soar assim, mas no fim estou implorando. Sei que Túlio amava o meu irmão. Tanto quanto eu. Talvez até mais, do jeito dele.

— O Thiago morreu, né? — Então acrescento, com a voz mais baixa, para que meu irmão não escute de onde quer que esteja agora: — Isso é assunto dos vivos.

— Vivos, é? — Ele dá uma risadinha. — Deve ser. Não se esqueça disso, Alice.

— Você continua o mesmo.

Enxugo as lágrimas que agora escorrem como pequenos riachos.

— É? E antes você me achava *tão* legal... O que houve? — Ele ainda está sorrindo.

— É. — Pego as duas caixas sozinha. — Eu *achava*. Talvez seja eu que tenha mudado.

— Percebi. — Ele balança o pé, parecendo pensar em algo.

— Então, posso desistir de você? De nos casarmos depois da sua formatura?

— Eu... — Finalmente acabo rindo. De verdade. — É, acho que pode. Eu estava *bêbada*, sabe?

— E triste, e queria muito alguém pra abraçar. Como agora. Eu amei seu irmão, Alice.

— Eu sei, Túlio.

— Mas ele amava outra pessoa.

— Eu sei. — Escondo o rosto. — Desculpa.

— Não, não se desculpe pelos mortos. É como você disse. Isso é assunto dos vivos. Se você odeia tanto aquela foto, vou queimar ela. Te envio as cinzas.

O quarto cai em um silêncio momentâneo.

— Não, eu mesma faço isso.

— As pessoas são estranhas, né? — Ele ri e enxuga minhas lágrimas. — Vem, eu te ajudo a procurar a foto. Mas queima ela assim que chegar. Promete?

— Prometo.

Não sei como nenhum de nós fala nada sobre eu estar mentindo.

Acabamos nos sentando em um banco do Passeio Público, as caixas entre nós. Rodrigo está usando o moletom do meu irmão, e estamos olhando uns patinhos nadarem no lago central.

O lugar está vazio graças ao tempo ruim, mas algo me impede de levantar e ir embora.

Acho que é o cansaço emocional.

Penso no quanto nós dois devemos estar parecendo patéticos — dois jovens em silêncio, no meio de um parque vazio no centro da cidade — e acabo rindo. Meus olhos ainda estão inchados e vermelhos de tanto chorar, e estou bem consciente da foto amassada no bolso da minha calça; ela parece pesar duas toneladas.

— Está rindo de quê? — murmura Rodrigo, mal-humorado.

Ele puxou o capuz, então não consigo enxergar seu rosto.

— Nada — falo, olhando na direção do parquinho vazio. Nenhuma mãe seria louca de trazer crianças nesse dia frio e chuvoso.

— Só estava pensando em algumas coisas.

— Hmmm — resmunga ele, os cotovelos apoiados nos joelhos.

Seus ombros estão tensos. Eu quero perguntar se Túlio disse algo quando eles me deixaram sozinha, mas não sei se consigo. Em vez disso, mantenho a boca fechada.

— Acho que está na hora de voltar — comento, por fim, e faço menção de levantar.

Rodrigo mexe a cabeça na minha direção, e interrompo o movimento.

— O que foi? — pergunto.

— Eu... Não, nada.

Ele se levanta e pega as duas caixas, que não são exatamente grandes, mas me sinto mal por fazer com que Rodrigo leve tudo sozinho e me adianto para pegá-las.

— Não, eu levo — afirma ele.

— Mas...

— Não é pesado, não se preocupa.

— São umas cinco ou seis quadras até a rodoviária — argumento.

— Vamos de ônibus. Vai começar a chover, não quero que você fique doente.

— E você?

— Eu o quê?

— O que você quer, Rodrigo?

É o pior momento possível. Não quero falar de Isabelle neste lugar, nem do que aconteceu ontem, nem do que Túlio me disse. Não quero ser uma pedra amarrada no tornozelo dele enquanto ele tenta nadar em alto-mar.

— Isso não importa de verdade, né?

— Claro que importa — retruco e pego uma caixa, mesmo que ele franza a testa.

— Eu pago o ônibus. — É a única coisa que ele diz.

QUINZE. APENAS ISSO.

Nenhum de nós fala nada na volta para casa. Se eu ouvisse minha intuição, veria que o universo já tinha despencado em nossos ombros.
    Pesava mais do que eu imaginava. Só que ainda era cedo demais para meus olhos cansados enxergarem qualquer coisa posta na minha frente.

Depois que a deixei em casa naquele dia, Alice não se despediu. Por um ou dois dias, achei que fosse por causa do irmão. Por ter visto o lugar em que ele viveu, conversado com o melhor amigo dele...
    Por isso, mesmo quando ela não respondeu minhas mensagens — e ainda assim eu dormi segurando o celular, pronto para respondê-la a qualquer momento —, mesmo quando ela não voltou a cruzar meu caminho, eu aceitei, porque talvez ela precisasse de um tempo para assimilar tudo.

Só depois do quarto dia entendi que ela *realmente* estava me evitando. Eu quase não a via na escola, e tudo o que ouvia sobre ela era seu nome ecoando pelos corredores, sua sombra escapando pelas laterais dos meus olhos, seus passos firmes indo na direção oposta dos meus.

Até que entendi o recado: ela não queria me ver.

Eu sei ler entrelinhas de ações assim. Não sou um completo idiota.

Mas não consigo parar de pensar nos motivos. Por que ela está me evitando? É por causa do beijo daquela noite ou pelo que aconteceu quando fomos ver o Túlio? Eu posso pedir desculpas. Eu *posso*.

Rolo no chão da casa da árvore, inquieto, meu antebraço cobrindo os olhos com força. Posso pedir desculpas por ter beijado ela. Não, por isso eu não *quero* pedir desculpas. Acho que só pioraria a situação.

Eu posso pedir desculpas por... Por achar que ela seria o suficiente para preencher um buraco que eu tenho no peito.

Meu Deus, como eu sou idiota. Não existe buraco para preencher quando se trata de Alice.

Ela transbordaria em todas as direções.

Decido falar com ela pessoalmente.

Estou cansado de me esgueirar por lugares onde ela pode estar para que a gente possa se esbarrar por "acidente". Chega.

Quando o sinal do intervalo bate, caminho até a sala dela. Alice está olhando para a janela quando bato à porta. Apesar disso, ela nem ao menos se vira para olhar.

Tento não encolher os ombros, mas falho miseravelmente quando o olhar dela pousa em mim. É uma carícia letal, e sinto o suor frio escorrer pela minha nuca enquanto meu estômago se encolhe. Demora aproximadamente dez segundos para ela se levantar, mas, ao avançar até mim, não me olha em nenhum momento.

Saímos os dois andando lado a lado. Sei que não podemos ficar vagando por aí para ter essa conversa, então a levo até a biblioteca decrépita da escola. A bibliotecária sequer nos olha, e vamos nos afastando da porta, na direção das prateleiras mais antigas.

— Se você não falar nada, vou achar que está gastando o intervalo comigo só para me irritar — diz ela, baixinho.

— Por que eu faria isso? — pergunto, surpreso.

Alice hesita por um instante, então desvia o olhar, parando na frente de uma prateleira alta, no meio de um corredor vazio.

— Acho que você sabe.

Nego com a cabeça, com a toda a força e convicção que tenho dentro de mim, e espero que ela veja que estou sendo sincero. Não quero que ela me odeie ainda mais. Não quero que ela suma como um fantasma ou que evapore por entre meus dedos. Quero segurá-la com todas as forças que me restam. Quero ser forte o suficiente para isso.

— Bom, parece que não importa o que você disser, o que você fizer ou aonde for... Parece que eu vou te seguir sempre que ouvir você chamando o meu nome. É patético.

Meu coração dá um murro nas minhas costelas e dói. E como *dói*.

— Alice...

— Rodrigo — interrompe ela, sem me olhar nos olhos. — Eu acho que não devíamos agir como se a gente fosse...

Nenhum de nós tem coragem de falar em voz alta o que ela está pensando. Alice balança a cabeça rapidamente.

— É melhor desse jeito. — Ela aponta para a distância entre nós. — Eu aqui, você aí. Assim, nenhum de nós vai se machucar. — É isso que você acha?

Tento não soar irritado, mas ela se encolhe, se afastando ainda mais.

— É.

Uma palavra curta que poderia ter sido um murro na boca do meu estômago. Sem piedade. Essa garota não tem piedade alguma.

— Você está fazendo isso para se proteger? — pergunto, curioso.

Minhas mãos abrem e fecham. Não sei bem onde colocá-las. Quero segurar o cabelo de Alice entre meus dedos, deixar as mechas escorrerem pela minha pele como óleo. Quero segurar suas mãos, os dedos apertando os dela da forma mais gentil que eu conseguir. Quero tocá-la. Mas sei que, se eu fizer isso agora, vou perder *tudo*, não só ela.

— Pra *te* proteger — corrige Alice.

— Não seja egocêntrica decidindo coisas assim sozinha.

Dou um passo para a frente, mas o corredor é muito estreito e, quando ela recua, suas costas se chocam contra a prateleira de livros, e a estante oscila de leve. Ergo um braço na altura da orelha dela para segurar a prateleira e não deixar nada cair. Quando meus olhos encontram os dela, Alice parece receosa.

Não dou um passo para trás. A respiração dela está pesada, como se algo monstruoso estivesse abrindo caminho em seu peito. Mesmo que eu esteja percorrendo cada pedaço de sua pele com os olhos, ela evita olhar para cima. Estamos tão perto e tão sóbrios que consigo ver cada detalhe dela, como se eu mesmo os tivesse rascunhado. Ela tem duas pintinhas minúsculas perto da orelha esquerda e uma na pálpebra direita. As sardas, jogadas de qualquer jeito em seu rosto. O cabelo dela tem cheiro de manga.

— Não me odeie. — É tudo o que consigo pensar em dizer.

Se ela me odiar agora, se ela recuar mais um pouco... talvez eu nunca consiga ultrapassar esse precipício que vai se abrir entre nós. Minha cabeça é um rio que corre em duas direções. Metade de mim está em curto-circuito, todos os fios expostos, mas o nome dela é só um sussurro baixo no canto da minha mente: *Isabelle. Isabelle.*

— Eu não te odeio — diz ela, finalmente erguendo os olhos, surpresa.

Suas pupilas dilatam quando nossos olhos se esbarram.

Aí está você, penso.

Tomo um susto quando sinto mãos segurarem a barra da minha camisa, e ela se estica na ponta dos pés, os lábios batendo nos meus, nossos dentes se esbarrando. Quando abro a boca, sinto a língua dela. Solto um murmúrio do fundo do peito, e Alice puxa minha camisa, me trazendo para mais perto. Sua língua roça meus lábios, percorrendo a linha deles com lentidão, e minha mão escorrega pelo pescoço dela, desenhando sua clavícula.

Antes que eu possa pensar direito, ela me empurra novamente, e vejo seus lábios vermelhos brilhando. Então, ela coloca uma mão sobre a boca, desviando o olhar. Alice olha mais uma vez para mim, e não sei o que falar.

Ela some do meu campo de visão, os passos apressados ecoando pela biblioteca. Eu engulo em seco, sentindo meu rosto quente. Minha visão está desfocada. Quando levo a mão ao meu coração, ele batuca como um tambor.

Rolo os gizes de cera na mão, sentindo a textura de cada um. Abro meu antigo caderno de desenho e puxo uma folha em branco. Testo cada uma das cores e faço esboços pequenos e bobos. Um besouro. Asas de borboletas, de libélulas, de joaninhas. Desenho pares de olhos. Vários. Um atrás do outro. Procuro fotos de referência no meu celular e desenho um pequeno sistema solar com cores pastel. Desenho por uma ou duas horas a fio, folha atrás de folha. Rabisco, sentindo minha mão esquerda, desacostumada a passar tanto tempo desenhando, começar a protestar.

Quando meu celular vibra, eu o pego e vejo a solicitação de mensagem no meu Instagram. Um perfil falso, sem qualquer foto. Abro a mensagem e a encaro por alguns instantes. Sinto um aperto no peito que me sufoca e eu respiro fundo enquanto cada palavra me atinge como um soco.

se vc não consegue beijar um cadáver, beija a melhor amiga da morta?

Dezesseis itens de uma lista impossível entre mim e você

No fim do dia, quando estou indo embora, escuto meu nome sendo chamado e ignoro. Não olho para trás. Não quero ver o rosto do Rodrigo sendo machucado pelo silêncio que devolvo. Afinal, não é possível gritar no espaço.
    Não sem arrebentar seus pulmões.

Décimo sexto item: uma foto minha e sua.
    Só nossa. Sem amigos, sem Isabelle, sem Caíque. Mas isso é impossível, e não tenho como ter algo assim porque passei toda a minha vida te odiando.
    Na foto, você está sozinho, com um pirulito na boca e sorrindo de lado para a câmera, sorrindo para *Isabelle*. Roubo essa foto. Sei que estou roubando mais do que isso. Mas, pela primeira vez, não consigo achar nada dentro de mim para culpar. Para se importar.
    A foto vai parar no meu diário.

Mesmo que o tema da festa seja Dia das Bruxas e hoje seja dia 31 de outubro, não consigo pensar que talvez a fantasia de coelho seja um pouco demais. É o que eu espero que Jonas me diga quando saímos em direção à Festa Secreta, cada um com sua bicicleta. Mas ele não diz nada além de um "legal".

Uma voz dentro de mim diz que talvez ir nessa festa, mesmo sendo a última, não é uma boa ideia. É a mesma voz que me diz que Rodrigo estará lá e que sabe que, se eu o encontrar, toda essa última semana em que o ignorei covardemente vai desabar como um castelo de areia sendo engolido pelo mar.

Talvez seja masoquismo, mas outra pequena parte de mim anseia por isso. Pelo fim do mundo. Pelas mãos dele.

Por isso, pedalo.

Décimo quinto item: um beijo verdadeiro.

Não consigo deixar de pensar que todos os nossos beijos foram faz de conta até agora. Sei que você está procurando o fantasma dela em mim. Sei que sonha que está abraçando aquele corpo, e não o meu. Sei que eu deveria me chatear por você me olhar com esses olhos esperançosos.

Mas talvez eu queira pisar na realidade, num mundo que seja meu e seu, uma única vez.

Jonas e eu chegamos juntos, mas assim que ele se entrosa com o pessoal da nossa turma, vamos nos afastando de pouquinho em pouquinho. Quando ele acena brevemente para mim por cima do ombro, me avisando que está saindo da dupla Jonas & Alice, percebo que, mesmo ele sendo meu melhor amigo, eu não contei a ele sobre Rodrigo. Depois de tudo, não tenho contado a ele muitas coisas... Talvez seja porque Jonas é gentil demais, ou talvez eu esteja tentando me convencer de que não estou sendo uma pessoa ruim e uma amiga pior ainda. De qualquer forma...

Nunca falei sobre como beijei o namorado de Isabelle depois que ela morreu. Jonas sabe disso. Assim como todo mundo, ele sabe disso. E sabe que rumores não são apenas rumores por aqui.

Começo a virar copo atrás de copo. Talvez, se eu estiver bêbada o suficiente, eu crie coragem para... Bom, não sei exatamente para o quê. Para falar com Rodrigo? Para encarar os últimos meses catastróficos da minha vida? Para aceitar que estou fingindo que está tudo bem, quando na verdade não consigo nem ao menos ser sincera comigo mesma?

Mando o suco de morango com vodca barata para dentro.

Quando Rodrigo chega e passa pelas portas do Buraco, nosso olhar se cruza, e eu me sinto oscilar por dentro, como se estivesse andando em uma corda bamba. Ele e Caíque cumprimentam as pessoas. Copos surgem nas mãos deles, sorrisos são abertos, e Rodrigo circula pela festa, fazendo um caminho que claramente me evita.

Engulo o amargo da decepção e termino de virar mais uma bebida.

Não paro de pensar na boca dele. Nas coisas que não falamos.

Não paro de pensar em Isabelle. Penso nela com frequência. Quando assisto a qualquer pedaço da novela das seis. Quando peço o sorvete favorito dela. Quando piso nas rachaduras da calçada e quase consigo ouvir a voz dela me dizendo que dá azar.

O álcool me deixa triste, e me sento nos pufes puídos.

— Noite difícil? — Wesley aparece, segurando um copo de plástico transparente.

— Oi, Wes — digo e, mesmo que ele não tenha oferecido, pego o copo dele e viro metade num gole só, limpando a boca com as costas da mão assim que termino. Devolvo o copo para ele. — Bom te ver.

Ele não fala nada por alguns instantes, então se senta num pufe ao lado do meu.

— Eu queria conversar com você.

Acho que ele já está meio bêbado, então tento ser paciente.

— Foi mal, Wes. Eu tô esperando alguém.

Uma verdade vestida de mentira. Estou esperando o Rodrigo, mesmo que ele não saiba disso. Talvez ele nunca descubra que esperei por ele o tempo todo.

— Depois, tá?

— Alice, eu sei que você está... com o Rodrigo.

Algumas pessoas estão perto o suficiente para ouvir o que está acontecendo. Sinto a cabeça girar pelo álcool que tomei rápido demais.

— E preciso que você me escute.

— Desculpa, Wes, mas eu...

— Eu meio que... ainda gosto de você — diz ele, a voz subindo.

Agora, as pessoas se viram para ver a cena, e eu me encolho, querendo sumir. Querendo que *ele* suma.

— Wes, eu não... eu não gosto de você desse jeito — falo baixinho. — Não mais.

Ele percebe as pessoas se acotovelando ao nosso redor, e em algum lugar alguém abaixa o volume da música para que esse linchamento se torne público. Se Wesley acha que só porque estamos em público vou me sentir obrigada a mentir, ele está muito enganado.

— Eu não gosto de você, Wesley.

— Alice, precisamos ser sinceros um com o outro. — Ele franze a testa, como se concentrar fosse difícil. — Não é como... Não é como se o Casagrande gostasse de você nem nada. Ele só quer alguma coisa para tampar o buraco que a Isabelle deixou... Alguma coisa viva para ser a nova obsessão dele, como era com ela.

Eu recuo como se Wesley tivesse me esbofeteado.

Um buraco do tamanho de uma galáxia se abre no meu peito, e eu poderia engolir esse lugar com a vergonha que me consome.

Não é como se eu não soubesse disso. Não é como se *todo mundo nessa maldita cidade* não soubesse disso. Mas Wesley falar em voz alta e tornar a coisa *real*...

Essa, percebo tardiamente, é uma das partes onde o céu começa realmente a cair.

— Wesley, eu não tenho *nada* para falar com...

— É verdade, então. Você e ele estão juntos. Depois de o quê, quatro meses? O corpo da Isabelle nem começou a apodrecer direito, Alice.

— Não é da sua conta! — grito, alterada, e percebo que agora a música parou de vez.

Wesley e eu avançamos um para o outro, como se estivéssemos prestes a nos engalfinhar.

Por um segundo, desejo que Rodrigo esteja aqui e estenda a mão para mim. Que me tire deste lugar. Mas eu não preciso olhar ao redor para ver que estou sozinha.

— O tempo todo foi isso — continua Wesley, como se entendesse algo ao olhar para mim. — Você nunca *desgostou* dele, então. Quando vi vocês se beijando na biblioteca aquele dia...

— Foi *você*! — murmura uma voz entre as pessoas, e vejo Rodrigo se aproximar com os olhos cautelosos. — *Você* me mandou aquela mensagem e espalhou para a escola inteira sobre... sobre a Alice e eu.

Não sei de qual mensagem Rodrigo está falando, mas Wesley nem tem a dignidade de negar. Apenas me encara, resoluto.

— Por que tudo é tão difícil com você, Wesley?

Sinto minha respiração travar, e Wesley abre um sorriso afiado. Quando estávamos juntos, nossa situação girava ao redor do que ele queria. Do que o Wesley estava a fim. E, se ele achasse que já tinha se cansado do que estávamos tendo, então era hora de ele voltar para Teresa.

Algo sobe à minha cabeça, e eu trinco os dentes, dando dois passos na direção de Wesley, incerta do que vou fazer, quando sinto uma mão no meu ombro. Me viro, o coração aos pulos, a adrenalina galopando em minha corrente sanguínea, mas Jonas me puxa para trás.

— Você não vai fazer isso com a Alice, Wesley. Não importa de quem você é ex-namorado ou sei lá. Se tocar nela de novo, se machucar ela, se olhar *feio* para ela, eu mesmo vou socar essa merda que você chama de nariz.

Wesley se aproxima de mim, nossos narizes quase se tocando. Sei que ele está bêbado, sei que está confuso com o término com Teresa, mas também está acostumado a ter as coisas de maneira muito fácil. Ele segura meu braço com força.

— Nós podemos conversar... um pouco? Sobre... Sobre isso?

— Wes, acho melhor não — respondo baixinho.

— Alice, *por favor*.

— Você está bêbado. Não quero conversar com você. Não quero que me peça desculpas pelo que você disse. Foi *ridículo* da sua parte. Só quero que você me solte e me deixe em paz.

Apesar disso, Wesley não me solta. Eu puxo o braço, mas ele não cede, o cenho franzido. Engulo em seco e tento empurrá-lo, mas minha mão pega de mal jeito. Pelo menos isso faz meu braço se soltar.

Trocamos um olhar, e fico sem saber o que dizer. Não sei o que falar para ele. Ele é só um garoto imbecil. E egoísta. Mas suas palavras doem e não consigo perdoá-lo por isso, pelo menos não agora.

Não é da conta dele, não é da conta de *ninguém* dessa cidade como eu lido com minha dor, com meu luto ou com Rodrigo Casagrande. Respiro fundo, o peito pesado, as pernas tremendo como as asas de um pássaro machucado.

Sinto um puxão brusco e cambaleio para trás. Rodrigo me olha uma única vez antes de se virar para o Wes. Eles se encaram por um momento, e Caíque me conduz para perto de si com delicadeza.

— Você é um cuzão — resmunga Wes, obviamente alterado. — Você sabe que a Alice é minha ex... Sua namorada nem terminou de apodrecer e você... você vai fazer o quê? Pegar a melhor amiga dela?

A diferença de altura dos dois não é muita, mas Wesley tem muito mais músculos, enquanto Rodrigo tem o físico de um... bem, de um artista. Aquelas mãos não foram feitas para socos, mas para pincéis, lápis e tinta. Me agarro a Caíque, e os olhos furiosos de Wesley nos focam.

Talvez tenha sido o álcool, o rancor de tempos entre os dois garotos, as fofocas da cidade. O fato de que Rodrigo está sempre se reprimindo ou de que Wes tem dificuldade em aceitar que algumas coisas não acontecem do jeito que ele quer.

Talvez não haja uma razão clara para que brigas comecem. Talvez seja só um acúmulo de coisas, um aglomerado de sentimentos, bebida ruim e nenhuma supervisão de adultos responsáveis. Seja como for, Wes joga o peso do corpo em cima de Rodrigo, e um círculo se forma ao redor dos dois. Ouço um grande estalo quando eles rolam no chão e Wesley acerta um, dois, três, quatro socos no rosto de Rodrigo, que não tem como se defender.

A briga dura, ao mesmo tempo, uma eternidade e dois segundos. Nada parece fazer sentido. Mas, em um segundo, vejo Rodrigo e Wesley se socarem e, no seguinte, alguém tenta tirar Wesley de cima de Rodrigo. Acho que é Jonas. Estou confusa demais. Tem sangue, muitos gritos, e alguém está no telefone. Rodrigo está desacordado no chão, e Caíque parece que vai rasgar a garganta de Wesley com as próprias mãos.

Ao longe, como se fosse um sonho distante, ouço sirenes. Que se aproximam.

— A polícia — avisa alguém, e os gritos começam.

Todos estão se atropelando para fugir.

Wesley se levanta, ofegante. Jonas o joga longe. Antes mesmo que eu possa piscar, Wes está correndo para fugir do Buraco.

— Precisamos sair daqui — falo para Caíque, ansiosa, e ele concorda.

Jonas me ajuda a botar Rodrigo sentado e corre para buscar água.

— Casagrande! — Caíque chacoalha o amigo, que cospe sangue.

Percebo que ele está semiconsciente. Eu seguro o rosto dele e o ouço soltar um gemido de dor.

— Casagrande, você tá vivo?
— Espera até ver o outro cara.

Rasgo um pedaço da minha blusa, uma camiseta branca, e tento limpar os rastros de sangue do rosto de Rodrigo.

— Hmmm, tem cheiro da Castello — murmura ele, como se estivesse quase dormindo, e me desespero.

As sirenes ficam mais altas, quase como se estivessem dentro do galpão abandonado. Uso o resto da água que Jonas trouxe para jogar no rosto de Rodrigo, que abre os olhos, saindo do estado de estupor.

— Vamos sair daqui — fala Jonas.

Sei que ele está aflito. Com as mãos agitadas, ele nem ao menos arrumou os óculos, que insistem em escorregar pelo nariz dele. Não preciso concordar em voz alta, só ajudo Caíque a levantar Rodrigo, que geme de dor.

— Deixa comigo — diz Jonas, e ele e Caíque passam os braços de Rodrigo pelos ombros, arrastando-o em direção à saída dos fundos do barracão.

As sirenes parecem estar dentro da *minha* cabeça agora, e apresso eles.

— Caíque, carrega ele nas costas — peço, tentando não soar desesperada.

Se não for assim, não vamos sair daqui rápido o suficiente. O melhor amigo de Rodrigo faz o que peço, carregando-o no colo como uma criança.

— Castello — chama a voz de Rodrigo, rouca.

— Oi — falo, correndo junto com Caíque enquanto Jonas ilumina o caminho com a lanterna do celular, o brilho fraco, apenas o suficiente para que a gente não caia de cara no chão.

— Oi — responde ele e sorri, os dentes vermelhos de sangue.

Quero segurar a mão dele e pedir desculpa por tê-lo ignorado. Mas esse não é o momento, então apenas corro.
— Foi uma bela briga — comento, e Rodrigo ri baixinho.
Tropeço em plantas, em raízes, em mim mesma. Espero não me perder e espero não ser presa e espero não ser pega e espero ficar viva. Esta noite. Até o amanhecer chegar.
— Cara, você é mais pesado do que parece — resmunga Caíque, e é nesse momento que percebo que estou rezando.
Não para Deus, nem para deus, nem para deuses, nem para buda. Estou rezando para as estrelas. Estou implorando para os meus mortos. *Por favor*, estou pedindo, correndo na escuridão, com três garotos ao meu lado. *Nos guie para casa. Por favor, nos entregue sãos e salvos. Por favor.*

Décimo quarto item: todas as estrelas no céu desta noite, que foram testemunhas do quão forte nossos pulmões podem ser.

A casa de Rodrigo está silenciosa e as luzes, apagadas. Caíque a contorna, indo em direção ao quintal dos fundos. Jonas ficou a uma quadra de distância, em sua própria casa. E sinto que deveria ter feito o mesmo, mas...
— Vou ficar com ele — aviso para Caíque, que está sendo a pessoa mais fantástica do mundo.
Ele seguiu levando o idiota do Rodrigo pela mão como se fosse uma criança pequena perdida da mãe.
— Tem uma mochila com coisas de emergência lá na casa na árvore — diz Caíque baixinho.

Subo os degraus de madeira da casa na árvore, e Caíque equilibra Rodrigo, para que ele não despenque enquanto eu o puxo para cima da melhor forma que consigo.

— Cuida dele, Alice.

Sei que está pedindo isso de coração. Sorrio, mesmo que esteja escuro demais para ele ver.

— Até — diz ele, então se vai.

— Até — murmuro para ninguém.

Queria ter algo gelado para desinchar o rosto de Rodrigo, mas não tem nada aqui que possa me ajudar, então apenas ligo a lanterna do celular. A sombra de Rodrigo, que está sentado com as costas apoiadas na parede, tremeluz, parecendo uma ilusão de ótica.

— Oi de novo — diz ele.

Agora com a luz o iluminando, vejo que seu olho esquerdo está inchado e o rosto está machucado.

Não respondo, mas procuro a mochila de emergência.

— Você tem um estoque de coisas aqui? — pergunto, ainda atrás de algo útil.

— Ali no canto, perto dos sacos de dormir. Tem uma blusa que deixo aqui pra emergências.

— É uma emergência, com certeza.

Rodrigo murmura algo que não consigo ouvir, então limpa a garganta.

— É mesmo — diz ele, por fim.

Acho a blusa que ele disse estar ali. É um moletom puído, mas tem o cheiro dele. Me perco nas dobras de tecido e não consigo vesti-la.

— Vem aqui — chama ele, e eu me viro.

Com mais delicadeza do que imaginei, Rodrigo tira meu cabelo de dentro da blusa.

— Estende os braços.

Outra ordem simples. Faço o que ele pede, e Rodrigo enrola as mangas grandes demais para mim até o meu cotovelo, fazendo dobras, as pontas dos dedos esbarrando na minha pele ainda gelada pela noite. Percebo que ele está quente. Próxima dele assim, a um suspiro de distância, percebo que está *vermelho*. O rosto corado, a ponta das orelhas avermelhadas.

— Obrigada — digo quando ele termina.

Ele apenas assente, limpando a garganta.

— Então... — prolongo a palavra, que soa meio rouca e arrastada.

— Então... — ecoa ele, os olhos azuis me sondando. Esperando.

A mão dele segura a minha, e meu estômago se contorce quando a boca de Rodrigo roça os nós dos meus dedos. A respiração dele na minha pele é morna. Seu cheiro é de suor, de sangue e de sal.

— Você ficou — pontua ele, mesmo que nós dois saibamos o que isso significa.

Assinto uma única vez, incapaz de confiar na minha voz. Então, como se a força gravitacional do mundo fosse alterada, estou presa na órbita dele, me aproximando, nossos dedos se tocando, nossa respiração se tornando uma só.

Não me importa se não existe outro lado ou se não tem ninguém lá.

No escuro, decido que vou criar esse outro lado. E vou encontrar esse garoto que estou prendendo entre os meus braços. Nem que eu precise *arrastá-lo*. Mas, quando o olho, algo me diz que ele me encontraria. Do outro lado do país, do mundo, do universo.

— Cientistas japoneses acreditam que beijos diminuem nosso tempo de vida em 3 minutos — falo quando nossos narizes se esbarram, e ele fecha o único olho aberto.

Rodrigo geme, as mãos puxando meu quadril com força, e sento em seu colo.

— E aí? — pergunta ele, roçando a boca na minha como um convite.

É breve, um roçar curioso e seco. Minhas pálpebras tremem. Meus ombros cedem. Eu seguro a nuca dele e o puxo para mim.

— E aí... — digo, sorrindo no meio do caos que acabamos de fazer nascer. — Com você, eu perderia todos os minutos que me restam.

Décimo terceiro item: o tempo.

Se eu pudesse te dar qualquer coisa, daria tempo. Faria com o que nosso tempo fosse algo infinito, eterno. Congelaria as partes em que nossas bocas se encontram. Embrulharia e guardaria as partes em que sorrimos um para o outro. Mas, como isso é impossível para qualquer ser humano, vou me contentar em viver esses momentos com você. E todos que vierem depois.

Ainda é madrugada, e estamos deitados em colchões infláveis diferentes, mas nossas mãos se encontraram no meio do caminho. Nossos dedos são como raízes de árvores, entrelaçados. O polegar de Rodrigo brinca com o meu, o indicador fazendo cosquinha na palma da minha mão.

Acabo rindo baixinho, e ele sorri. Seu olho parece ainda pior agora, em tons de roxo.

— Sabe — começo a dizer, porque o silêncio está nos engolindo. — Se quiser comentar por que tem um kit de emergência na sua casa na árvore, sou toda ouvidos.

Os dedos dele pausam brevemente, o olho aberto fugindo do meu.

— Ah... — Ele solta minha mão para poder encarar o teto, e tento não ficar chateada com isso. — Você já teve o desprazer de conhecer meu padrasto?

Nego com a cabeça. Ele suspira.

— Ele é um merda. Só não sei se é mais merda que meu pai, que engravidou uma garota de 17 anos e fugiu, deixando minha mãe comigo na barriga e fazendo com que ela tivesse que se casar com o primeiro idiota que a família botou na frente dela para não perder a... *reputação*.

Rodrigo soa triste. Não é como se eu não soubesse disso tudo que está me contando, até porque segredos não existem em cidades pequenas. Mas ouvi-lo falar a respeito é diferente de ouvir as pessoas fofocarem pelas costas dele.

— Ele sempre me odiou, o imbecil.

Não sei se ele está falando do pai ou do padrasto, então espero.

— Quando eu era criança, ele me batia muito, de tirar sangue. Quando minha mãe não estava em casa, ele me batia por coisas pequenas, como derramar água no chão ou esquecer de tirar a roupa do varal. Eu nunca contei pra ela. Mas aí ele começou a me bater com ela por perto. As brigas começaram. Ele sempre falava que, se as coisas não fossem do jeito que ele queria, iria embora. Que minha mãe ficaria *falada*. Largada por outro homem. E, bem... eles estão juntos, né? Você sabe como as coisas funcionam nesse cu de mundo esquecido por deus.

Não tenho palavras para isso.

Décimo segundo item: um abraço que uniria todos os seus pedaços quebrados.

— Meu pai também não é um exemplo de paternidade — murmuro, mais para mim do que para ele.

Rodrigo espera.

— Traiu minha mãe por anos e, um tempo antes do Thiago morrer, foi embora com a última amante. O pior de tudo... O pior de tudo é que ele nem ao menos se deu ao trabalho de aparecer no velório do filho.

Meu peito está pesado, como se uma pedra estivesse em cima dele. Pisco e percebo que não quero chorar. Não aqui, não com ele e, definitivamente, não agora.

— Então... é.

— É — concorda ele. E é isso.

— Vamos dormir. Eu preciso ir pra casa daqui a pouco.

Ele assente, como se aprovasse. Acho meio engraçado, então rio, e Rodrigo me encara como se um chifre tivesse acabado de nascer na minha testa.

— Vai dormir, Castello. Você está horrível com essas olheiras.

— Se vamos falar de coisas horríveis...

— Eu sei que não estou exatamente uma pintura renascentista nesse momento. — Ele se aproxima como uma lagarta se arrastando. — Dorme.

Sei que eu deveria dormir e que seria o melhor a fazer, mas meus dedos contornam o rosto dele, as partes vermelhas, os machucados esfolados, o olho inchado.

— Durmo — concordo, por fim.

Ele respira fundo, e eu fecho os olhos. Não tem nem cinco segundos que estou de olhos fechados quando sinto a respiração dele no meu nariz, e a boca dele beija o espacinho de pele entre minhas sobrancelhas.

— Agora, sim — murmura ele. — Agora, sim, o mundo pode acabar.

Pulo todos os itens que faltam e avanço para o primeiro.

Primeiro item. Anoto mentalmente: meu coração.

Eu poderia dá-lo a você, mas, quando olho para trás, percebo que esse tempo todo esteve com você e com mais ninguém.

E isso me assusta mais do que me maravilha.

XVII EM LATIM

Nas últimas semanas do ano, as coisas ficam meio confusas, e o tempo escorre como água entre meus dedos. Alice me manda uma mensagem me informando que chegou bem em casa e que a mãe dela nem notou que ela havia saído na noite anterior. Penso que poderia ser pior.

Ninguém foi pego depois da noite em que Wesley e eu brigamos. Foi difícil explicar para a minha mãe onde eu tinha arrumado todos os machucados, e a mãe de Caíque fez um interrogatório, mas no fim a polícia não pegou ninguém. Apesar disso, o Buraco tinha sido comprometido de vez. Foi o fim das Festas Secretas.

Acabei estabelecendo uma rotina na qual fico vendo filmes ruins enquanto ignoro minha própria existência nas tardes que passo sozinho. Fico indo atrás de sites que possam me divertir e dou uma olhada no campus da universidade federal para a qual prestei vestibular. Gasto horas na internet, e pelo Instagram fico sabendo que Wesley e Teresa voltaram e estão em um relacionamento sério, que Caíque está assistindo a

Frozen com suas irmãs e que Alice está lendo algum livro do tamanho de um tijolo.

Quero saber como ela está hoje. Quero perguntar como foi o dia dela. Quero segurá-la perto de mim, desenhar seu cabelo com carvão, tê-la na minha frente apenas para vê-la rir. Quero que ela nunca me deixe. Quero tudo isso agora e ao mesmo tempo, e dói que nada disso possa acontecer.

Esse tipo de pensamento deixa meu coração pesado, então eu resolvo sair do Instagram e abro minha conversa com Alice.

Rodrigo Casagrande diz: só pra avisar que estou vivo. Obrigado por perguntar.

Envio a mensagem e recebo a notificação de que ela foi lida. Alice começa a digitar, e olho para o meu celular, um pouco nervoso.

Alice Castello diz: nunca duvidei que vc não estivesse

Alice Castello diz: vivo, no caso

Rodrigo Casagrande diz: o que está fazendo?

Alice Castello diz: agora? Nada.

Rodrigo Casagrande diz: nada NADA ou nada "estou jogada no sofá lendo"?

Alice Castello diz: nada NADAAAA

Rodrigo Casagrande diz: quer fazer algo?

Alice Castello diz: tipo o que??

Rodrigo Casagrande diz: uma volta de bicicleta de maneira recreativa?

Alice Castello diz: é disso que vamos chamar?

Rodrigo Casagrande diz: espero você nos balanços do parquinho

Alice Castello diz: ME DÁ 5 MINUTOS1!!

— O que vamos fazer? — pergunta ela assim que começamos a pedalar.

Eu balanço uma sacola em sua direção.

— Aonde estamos indo? — quer saber ela.

— Você tem medo de cavalos?

— Hum...

Alice está com uma calça de moletom e uma camiseta larga, o cabelo colorido preso em um rabo alto, o rosto límpido.

— Não exatamente — responde, enfim. — Eu tento manter distância deles, se possível. Por que a pergunta?

Abro um sorriso.

— Ótimo.

Não muito afastado do centro da cidade, ficam os pastos. Não é incomum as pessoas criarem galinhas e porcos no quintal, ainda mais quando alguns quintais são do tamanho de chácaras e ranchos.

Eu corria ali, onde parece não haver nenhuma interferência, onde consigo ouvir meus pensamentos horrorosos em paz. De bicicleta, parece infinitamente mais perto e mais fácil. Com Alice, sinto que é o único caminho no qual eu poderia estar.

— Sua mãe falou algo sobre a polícia? A festa? Ou qualquer coisa? — pergunto.

Alice dá de ombros.

— Não exatamente.

Ela pedala devagar, não muito distante de mim.

— Ela meio que jogou verde, mas daí eu desconversei e ela mudou de assunto. Acho que...

Alice franze os lábios.

— Acho que ela não queria pensar nisso, na possibilidade de eu estar no meio dessa confusão... Ou de qualquer uma, pra falar a verdade. Aí... — Alice dá de ombros de novo. — Foi isso.

Ficamos em silêncio por alguns minutos e, quando chegamos ao destino, descemos das bicicletas e as deixamos na beira da estrada. Solto um assobio ao ver os cavalos correndo na nossa direção.

Tiro da mochila a sacola com algumas cenouras que roubei da geladeira de casa e entrego algumas para ela.

— Mão aberta — comento quando os cavalos se inclinam na cerca para poder comer as cenouras. — Nunca com os dedos pra cima, ou eles podem acabar mordendo sem querer.

Ela solta uma bufadinha, como se não acreditasse no que está ouvindo.

— Posso parecer uma tonta — Alice ergue o nariz em desafio —, mas não sou *tão* tonta assim.

Ficamos lá, alimentando cavalos de outras pessoas, enquanto Alice passa a mão pelo pescoço deles. Depois disso, andamos de bicicleta pelo único parque da cidade que tem bancos e estátuas de pedras. Finalmente, deixamos as bicicletas de lado e nos sentamos na grama do parque. No fim da tarde, é normal os idosos trazerem cadeiras dobráveis coloridas e ficarem tomando chimarrão nas sombras, mas, fora isso, não tem nada para fazer ali. Igual ao resto da cidade.

— O que mais você trouxe na mochila?

— Material pra desenhar.

Puxo meu último bloco de esboços, e Alice se inclina para olhar para ele.

— Você é bom — comenta ela, e soa mais surpresa do que eu gostaria.

— Obrigado pela confiança, Castello.

Ela abre um sorrisinho e pega o bloco do meu colo, folheando devagar.

— Você tem uma obsessão interessante por olhos — comenta ela, analisando alguns dos desenhos. — E insetos.

— Aqui.

Mostro para ela uma ideia que tive, de desenhar louças e copos em formato de insetos, e Alice abre a boca, em choque.

— Você consegue desenhar *qualquer* coisa?

— Sou péssimo desenhando narizes. Tirando isso, qualquer coisa.

— Ah. — Ela termina de folhear e me estende o bloco de desenho. — E se você desenhar meu futuro sebo-café?

— Seu futuro sebo-café saindo, então — murmuro e começo a desenhar do jeito que me dá na telha.

Mas, no processo, Alice acaba dando mais pitacos do que imaginei. Não é *assim* que ela imagina as janelas, e a porta não ficaria *desse jeito*, e as mesas seriam *muito* específicas.

Quando termino o esboço, vários minutos depois, ela abre um grande sorriso.

— Algo assim — diz ela, contornando os traços do sobradinho que desenhei.
— Posso colorir, se quiser.
— Não, deixa assim.
Ela passa a ponta do dedo de leve na folha.
— Gosto de deixar as possibilidades abertas — completa.
Puxo a folha com tudo, arrancando-a.
— Aqui. — Estendo para ela. — Fica pra você.
— Sério?
— Claro. — Dessa vez, eu que abro um sorriso, de leve. — O sonho é seu.
— Bom... — Ela pega a folha com cuidado. — Então, obrigada. Eu acho.
Levanto e estendo a mão para ela.
— Vem, Castello. Vou pagar um sorvete pra você.
— Você sabia que existe sorvete de queijo?
— Caô.
— Tô te falando. Eu já tomei sorvete de queijo.
— Ai, Alice.
— Eu te juro!

— Sobre a festa de formatura... — começo a dizer, fingindo casualidade. — Eu estava pensando... Nós podíamos ir juntos.
— É sério isso? Cara, não sabia que eu fazia seu tipo — fala Caíque do outro lado da linha, e eu reviro os olhos. — A Alice sabe disso? O que ela diria se eu *roubasse* você assim, embaixo do nariz dela?
Eu não respondo imediatamente, e um enorme silêncio nos cerca. Pigarreio, tentando não parecer tão encabulado quanto

estou. Coço a nuca e ando pelo quarto, o celular quente na minha orelha esquerda.

— Não quero convidar ela pra festa de formatura — resmungo, por fim, mal-humorado. Se comigo ou com Caíque, já não sei dizer.

— Não quer ou está com medo? Camille, eu *mandei sair do meu quarto*! — grita Caíque, e depois solta um grunhido. — Desculpa. Ela está numa fase terrível.

— A dureza de ter irmãos — brinco.

Nós dois sabemos que não faço ideia de como é ter alguém assim e, por mais que às vezes eu me sinta meio infeliz por ser filho único, também me sinto aliviado de uma forma vergonhosa. Eu só preciso proteger a mim mesmo nessa casa, e meu padrasto só tem a mim para infernizar.

— Manda um beijo pra sua mãe.

— Cara, não. Sério, para. — Ele solta um ruído frustrado, e dou uma risada que não é nada fingida. — Você eleva muito as referências dela na questão de filho perfeito.

— Não é exatamente minha culpa ser perfeito.

Dessa vez, nós dois gargalhamos, e troco o telefone de orelha. O pai dele começou a ensiná-lo a dirigir e, apesar de meu melhor amigo estar animado com isso, também significa que ele passa mais tardes com seu velho do que comigo.

— E você não me respondeu.

— Sobre a festa de formatura... — Caíque faz um muxoxo, e eu espero a resposta. — Vamos como amigos? Você promete me levar *apenas* como amigo?

— Você tá tirando sarro da minha cara — reclamo, e Caíque dá uma risadinha sacana.

— Estou. Na verdade, eu nem deveria considerar a ideia, só que...

— O quê?
— Eu queria contar para os meus pais. Depois da formatura. Sobre...
— Ah.
Não falamos nada. Caíque ser gay nunca foi um problema para qualquer um de nós. No entanto, todos sabemos que uma cidade pequena pode ser cruel não só com ele, mas com toda a sua família, incluindo suas irmãs menores.
— Ei, se você quiser conversar sobre isso...
— Não, tudo bem. — Uma pausa curta. — Ah, quer saber? Eu quero falar, sim.
— Tudo bem — concordo prontamente.
Ele respira fundo.
— Eu só estou... me *cagando* de medo, Casagrande. Uma coisa é saber quem eu sou. Outra totalmente diferente é deixar que meus pais saibam. Ou essa cidade. Principalmente o pessoal daqui. Sei que vão falar disso por semanas, quando souberem. E... Bem, eles sempre acabam sabendo. Segredo nenhum dura muito tempo, porque todo mundo é viciado demais em fofocar. E... eu só não quero que meus pais... ou minhas irmãs... passem por isso. Ou que passem a me tratar diferente... Ou...
— Ei. — Pigarreio uma vez, sentindo a garganta fechar. — Você sabe que pode contar comigo, né? Sempre.
Caíque faz uma pausa.
— Sei, cara. Claro que sei. — Caíque solta um muxoxo do outro lado. — Olha, eu vou ser seu par na festa. E já fica sabendo que vai ser uma *honra* pra você.
Acabo rindo quando sinto uma explosão de felicidade dentro do peito. É quente, grande e potente como uma supernova nascendo. Eu gosto. O Monstro Cinza fica meio desconfortável

com esse ataque repentino de alegria, e, pela primeira vez, eu não me importo.

— Às 20h?

— Sim. O que você quiser.

— Eu preciso desligar. Foi mal, cara. A Camille quer que eu assista *O lago dos cisnes* com ela.

— O balé?

Estou chocado; afinal, Camille tem, sei lá, 4 anos.

— O filme da Barbie, né? — responde Caíque, como se eu fosse tão esperto quanto uma porta.

— Ah, é claro.

Dou um sorriso para a minha parede repleta de novos desenhos, meus olhos percorrendo as curvas de pescoços e de mãos delicadas que pintei.

— Então, tchau.

— Tchau. Nos vemos no sábado.

— Na festa — concordo, sem desligar.

— Na festa — ecoa ele, agora rindo. — Te amo, Casagrande.

— Também te amo, Caíque.

— Rodrigo? — Ouço minha mãe chamar e vou até a sala.

Meu padrasto saiu para mais uma de suas viagens, então estamos só nós dois. Quando chego, minha mãe está remexendo um pano de prato e parece ansiosa. Nos encaramos, e ela tosse uma, duas vezes. Pede para eu me sentar no sofá. Me traz um copo de água. Não sei o que está acontecendo, mas estou começando a ficar um pouco assustado.

Imagino que ela queira me falar algo, mas não sabe como, e as possibilidades me deixam paralisado. Quando ela começa a falar, eu sinto minha garganta fechar. Então, quando para, meus pulmões soltam todo o ar, e eu me levanto, abraçando-a. Ela chora enquanto me segura com firmeza. E eu choro também. Conversamos por horas a fio, e ela me conta coisa atrás de coisa atrás de coisa. Assim que termina, ela enxuga as minhas lágrimas, e então as dela. E diz que vai cozinhar o que eu quiser para a janta. Penso nisso. Penso na minha mãe e penso e penso e penso. Como meus pensamentos não param, vou até meu guarda-roupa, com passos incertos.

Encontro o que procuro perto dos meus sapatos, no fundo. Tem um pouco de pó acumulado, mas ainda está lacrada e ainda tem meu nome escrito com letras coloridas. Ainda tem um cadeado me separando de tudo o que restou da garota que amei. *Amei*. No passado.

— Oi de novo — murmuro para a caixa, acariciando a tampa devagar, sem pressa. Com medo de machucar o que possa ter dentro. Com medo de machucar o garoto que sou agora, segurando-a neste momento.

É uma pena, penso, *que ela não possa me responder de volta.*

A DÉCIMA OITAVA MÚSICA DA NOSSA PLAYLIST

— Tem certeza de que não quer ir pra festa? — pergunta minha mãe, a voz abafada pela porta fechada que nos separa.

Estou usando meus fones de ouvido, mas a música está pausada.

— Sei que os últimos meses não foram fáceis... Mas é sua última festa, sua última vez com seus... *amigos*... de Santa Esperança.

— Ainda estou pensando — murmuro, me sentindo cansada.

— Pensa bem, Alice. — Ela soa um pouco... triste? — Se você não for na sua festa de ensino médio, depois só vai quando se formar na faculdade.

Não respondo nada dessa vez, e ela parece sair da porta do meu quarto.

Jonas me manda uma mensagem, perguntando se tenho certeza da minha decisão. Hesito na hora de responder. É claro que não tenho certeza. Estou me sentindo ansiosa, triste e confusa. Chorei um pouco, em silêncio, porque minha melhor amiga está morta e meu irmão também, enterrados no cemitério da nossa cidadezinha.

Isabelle passou metade do ano procurando um vestido para a formatura. Quando estávamos em Curitiba, no fim de semana do acidente, ela escolheu um. Também insistiu para acharmos um vestido para mim. "Algo amarelo. Da cor de um girassol. Combinaria com você." Eu nem gosto de amarelo, mas não a contradisse.

Agora, deitada embaixo das cobertas na tarde de sábado, no escuro, com as janelas fechadas e os olhos fitando o teto do quarto, penso exaustivamente nisso. No dia do acidente. Nos sorrisos, nas mãos dadas, na tarde que passamos juntos. Os três. Thiago nos levando até o passeio público para que olhássemos as araras. O sorvete que tomamos numa esquina qualquer. Os óculos de sol de armação roxo-berrante que comprei no camelô e que custou apenas quinze reais.

Eu não acreditava no mito do dia perfeito, mas aquele foi tão perto disso. Tão dolorosa e precisamente *perto* que, por um momento, mesmo que a memória se desfaça lentamente cada vez que eu a invoco, eu sinto. O calor do dia, o céu azul que fazia meus olhos doerem. Claro que tudo deu errado, no fim. Não só o acidente em si, mas um pouco antes.

As coisas que gritei para Isabelle. E o que ela me disse de volta. E Thiago, tentando resolver uma situação que não era dele, mas da qual ele era a causa. Minha enxaqueca piora, e eu fecho os olhos, que tremem como asas de uma mariposa machucada. Eu poderia vomitar de tanto enjoo que estou tendo.

Mando uma mensagem para Jonas com a minha resposta.

— Alice.

Minha mãe ressurge. Não imaginei que ela ainda estivesse ali.

— O Jonas está aqui.

Isso me faz sentar com mais rapidez do que eu queria, e fico tonta, instável como um barco no meio de uma tempestade.

— Pede pra ele entrar — falo, e então espero. E espero. E espero. Finalmente me levanto e vou até a porta do quarto, abrindo-a.

— Oi — diz Jonas, abrindo um sorriso sincero.

— Oi — respondo, feito a idiota que sou.

Meus olhos descem para o que ele está trazendo em mãos. Em uma delas, está um daqueles sacos que as lavanderias usam para encapar as roupas pós-lavagem. Não consigo ver o que tem dentro, e minha curiosidade vence. Na outra, há uma sacola preta com o que eu imagino ser o que pedi para ele. Abro a porta o suficiente para que Jonas entre e finjo que não vejo minha mãe nos espiando no fim do corredor.

Jonas passa pela porta e sou atingida pela realidade de que faz vários meses que ele não entra no meu quarto. Os últimos meses foram esquisitos, e me senti indo e vindo na minha amizade com Jonas. É como se, depois do acidente, a gente tivesse desaprendido a conviver como antes. Sem a presença dela. Ainda assim, ele está aqui.

— Fiquei feliz que você decidiu ir — comenta ele, olhando ao redor do quarto.

Está tudo meio desarrumado, mas não de um jeito gritante. Tem um casaco jogado de qualquer jeito perto da cama e uns livros empilhados no chão, no canto esquerdo, servindo de apoio para três copos sujos. Fora isso, tudo parece estar mais ou menos no seu devido lugar.

— Também pensei que você gostaria de ter algo pra usar no baile de formatura. Hoje à noite. E trouxe as tintas que você pediu. Sobre o seu cabelo: você tem certeza mesmo? Eu, hum, posso acabar fazendo alguma cagada nele, e isso seria... péssimo. E você já está com uma cara de acabada, né.

O que será que me entregou: as olheiras? O cabelo desarrumado e amassado? O pijama que não tiro há dois dias?

— Que gentil da sua parte — digo, e Jonas dá uma risadinha.

— Vai tomar um banho, Alice. Vou cuidar de tudo.

— Mas...

— Por favor — pede ele, então se vira para as minhas cortinas e as abre. — Você não vai ficar sozinha em momento nenhum, se esse é o seu medo. Nós vamos fazer isso juntos dessa vez. E é só uma festa, não o fim do mundo.

Meu coração fraqueja, dolorido. Sei que ele tem razão, mas ando tão acuada por causa do medo, da ansiedade e da tristeza que, ainda assim, hesito.

— Além disso — comenta, sem olhar diretamente para mim —, o Rodrigo vai. Você não tem nada pra me contar?

Suas palavras me atingem como um trem: com força e do nada. É como se Jonas tivesse acabado de me bater fisicamente.

— Eu... Nós não...

Dou de ombros. Odeio gaguejar, mascar a língua e nada de relevante sair. Me sinto frustrada, idiota e incapaz.

— Não é bem isso.

— Bom, como seu amigo... eu adoraria saber *como* é, então.

Jonas coloca o que eu imagino ser o vestido de formatura na minha cama, então se vira para me encarar.

— Você estão... juntos?

— Não — respondo rapidamente.

Não tenho conversas sérias com Jonas desde... desde o acidente. Bom. Acho que preciso disso agora. De uma pergunta que me incomode. Só que essa pergunta em específico, essa pergunta sobre o Rodrigo... Eu não sei *como* responder ela.

— Nós nos beijamos — continuo, andando pelo quarto, ansiosa. — Mais de uma vez.

— Hum.

Jonas faz uma careta.

— E não foi... *ruim*.

— Ele namorava a Isabelle.

— Eu sei.

— Eu sei que você sabe. — Jonas faz uma pausa. — Pode acreditar: eu sei. Eu só... Como você se sente sobre isso?

A pergunta me pega de surpresa.

Como eu me sinto?

Como eu me sinto.

— Como se eu fosse o pior ser humano do mundo — respondo, a voz baixa. — Como se eu merecesse cada pedacinho de tristeza que existe na Terra. Como se eu não devesse estar... *viva*.

— Você já ouviu falar em culpa do sobrevivente?

— Jonas.

— Eu tô falando sério, Alice. Você entrou no piloto automático. Sei que você tem tomado decisões emocionalmente péssimas. O Rodrigo é uma delas. Ficar com ele, sabendo quem ele é, e não ter nada sério com o garoto... e... tudo isso! Nada vai trazer o seu irmão e a Isabelle de volta.

Não sei como dizer para Jonas que, em alguns momentos, me sinto a pior pessoa do mundo justamente porque parece que não estou sofrendo o suficiente. Quando sinto saudade de Isabelle, parece que estou maculando a memória de Thiago. E quando sinto saudade do meu irmão, não consigo deixar de pensar que ele era a razão pela qual fomos até Curitiba.

Queria que alguém me dissesse quando preciso sentir raiva, quando preciso sentir tristeza e quando preciso sentir a falta da minha amiga ou do meu irmão.

O problema são as emoções virando um bolo amorfo, sem começo nem meio nem fim. Começando do nada, sendo desligadas do nada. Se eu soubesse como lidar com a culpa e a saudade e a raiva, acho que conseguiria lidar comigo mesma. Acho que poderia acreditar que não sou o ser humano mais escroto do universo.

— Para — peço.

Sinto meu olhar desfocar por causa das lágrimas, mas minha voz sai tão baixa e acuada que Jonas a ignora completamente.

— Alice, me escuta... Você *merece* viver. O que aconteceu com o Thiago e a Isabelle... foi literalmente um acidente. Cair nessa espiral de culpa, de remorso e de mais culpa não vai te levar a lugar nenhum. Você vai ficar presa numa ilusão para sempre. Precisa sair dessa.

— Jonas...

— Seja com o Rodrigo ou com qualquer outro garoto. Seja indo numa festa de formatura ou passando no vestibular de Administração. Indo estudar em Curitiba, conhecendo pessoas novas, saindo dessa bolha em que você nasceu e cresceu e viveu por dezessete anos. Você ainda está aqui.

— Eu não sei o que eu tô fazendo.

— Bom, ninguém sabe. — Ele segura meus ombros. — Você não é a única que se sente perdida e não vai ser a última pessoa a se sentir assim. Além disso, você é jovem, sua vida está só começando.

Ele enxuga minhas lágrimas com gentileza e me abraça com força.

— Pode ficar chateada agora. Pode se zangar, pode se arrepender, pode ficar puta comigo. Pode fazer o que quiser. Mas você precisa ouvir isso, Alice. Você não precisa carregar culpa nenhuma. Sei que você vai precisar de anos de terapia pra lidar com isso, mas alguém precisava te falar.

Enxugo algumas lágrimas e fungo, pequenos soluços devido ao choro. Então, olho para cima, para o rosto dele próximo ao meu.

— Falar o quê?

Jonas abre um sorrisinho e segura meus ombros.

— Que vai ficar tudo bem.

Começamos com o cabelo. A tia e a mãe do Jonas têm um salão de beleza no centro de Santa Esperança, então não fico surpresa ao abrir a sacola e ver tinta para cabelo, xampus caros, hidratantes e luvas descartáveis, entre outras coisas.

— Não deve ser a coisa mais difícil do mundo. — Jonas começa a se preparar. — Pintar cabelo, no caso. Eu *consigo* fazer isso... Não consigo?

Olho para ele, encucada.

— Isabelle e eu conseguimos descolorir e pintar meu cabelo com sete cores diferentes, Jonas. Eu acho que você consegue pintar o meu cabelo de castanho.

— Minha cara Alice — ele bate palmas com as luvas postas —, você tem fé! Admiro sua confiança em mim.

— Não é exatamente... confiança. Desespero, talvez? É, acho que desespero soa melhor.

— Não garanto a satisfação total do cliente.

Ele pega mexas soltas do meu cabelo e brinca um pouco com elas.

— E não aceitamos pedidos de reembolso.

Mas Jonas não me deixa ficar preocupada. Ele é uma pessoa metódica, concentrada e cresceu em uma casa onde mulheres trabalham com cabelos o tempo todo. Ele é melhor nisso do que parece.

— Então — pergunto, tentando soar o mais calma possível —, onde você arranjou um vestido de última hora?

— A Isabelle e eu... meio que compramos pra você.

— O quê?

— Pois é.

Ele ajeita a toalha velha nos meus ombros e fico imaginando que devo estar ridícula com aquela quantidade de tinta no cabelo, que está preso com prendedores de plástico.

Jonas hesita antes de abrir o pacote que trouxe. Meus olhos capturam o tecido que escorre na mão dele, a saia rodada, a seda cor-de-rosa.

— Você sabe como ela era... Uma pentelha de marca maior. Ela meio que me obrigou a ir até Curitiba fuçar brechós. Foi... divertido, até. Ia ser nosso presente de formatura pra você.

— Eu não comprei presente de formatura para você... Pra *vocês*.

Engulo em seco, cutucando as cutículas de maneira nervosa.

— Bom, eu não estou cobrando. Só estou te contando como o vestido chegou. Eu que escolhi, por sinal. A Isabelle não tinha noção nenhuma, queria comprar um vestido...

— Amarelo.

— É.

— Ela era...

— Insuperável.

— Incrível. — Faço uma pausa. — E um pouco chata quando queria.

— Ela devia querer muito, então.

Jonas solta uma risadinha, e eu não consigo segurar o sorriso. Algo mudou. Não me sinto como se ainda estivesse presa a quem eu era quando Isabelle estava viva. *Aquela* Alice.

— Você pode me ajudar com a maquiagem? Não sei se vai dar tempo de eu fazer tudo sozinha.

— Claro, senhorita. — Jonas faz uma mesura. — Tudo está incluso no seu pacote.

Ele sai do meu quarto e volta em dois minutos com uma mochila verde-limão que parece pesada. Os olhos de Jonas faíscam como duas estrelas cadentes.

— Não podemos perder tempo — comenta, e sei que odiaria estar no caminho desse garoto.

Ele parece disposto a seguir seus planos custe o que custar.

— Você tomou a decisão certa.

Minha mãe está encostada na porta do meu quarto. Vejo pelos olhos dela que também andou chorando. Talvez esteja meio chorosa ainda, desde que Jonas terminou de me arrumar e a chamou.

— Vai ser uma noite legal. Se divirtam.

Olho para a garota no espelho do meu quarto, uma estranha de olhos castanhos esfumados e batom cor de cereja. A pele marrom-clara delicada e iluminada, as ondas do cabelo caindo com delicadeza pelos meus ombros, uma única mecha verde serpenteando como um rio no meio do restante dos fios castanhos.

A mão de Jonas cai em meu ombro, e ergo o olhar para o reflexo dele, que está sorrindo. Meus lábios tremem. Não sei se quero chorar ou sorrir, então apenas me viro e o abraço.

— Desculpa — peço enquanto o seguro contra mim, sem me importar se estou amassando o vestido. — Desculpa por ter sido egoísta.

— Está tudo bem. Eu também fui. E eu amo você do mesmo jeito. Como amo Isabelle.

Eu o afasto e, para minha surpresa, os olhos dele estão marejados. Me recuso a chorar, então encosto minha testa na dele.

— Como amo Isabelle — repito.

E é como abrir um baú do tesouro esquecido.

Acho a foto escondida, como se eu pudesse apagá-la apenas com a força de vontade. A mesma foto que encontrei nas coisas de Thiago, que eu trouxe de volta para essa cidade. Ela está amassada, e vai ficar ainda mais, porque a escondo entre os seios, dobrada. Machuca um pouco minha pele, mas eu a mantenho ali.

Bem perto do meu coração.

A formatura foi organizada para ser uma entrega de diplomas e canudos simbólicos seguida de uma festa que os alunos do terceiro ano passaram o ano preparando, com a ajuda de algumas professoras e rifas.

Quando chego ao salão de festas que foi reservado para a festa, congelo. Mesmo com Jonas ao meu lado, me sinto esquisita e paralisada. O sentimento passa rapidamente, porque preciso sair de onde estou para que um casal passe. Sussurro um pedido de desculpas, mas, quando estou prestes a me virar para achar um cantinho escondido e fingir que não estou ali, ouço alguém me chamar.

— Castello!

Eu me assusto e dou um pulo. Me viro a tempo de ver Caíque partindo para cima de mim como um trator descontrolado, me pegando do chão e me abraçando apertado.

— Você veio!

— Pois é — digo, a voz entrecortada, e ele parece notar que está me sufocando.

Rindo, ele me solta.

Jonas e Caíque se cumprimentam brevemente e, quando me viro para a segunda figura parada ao lado de Caíque, meus olhos se apertam, desviando de leve. Por fim, acabam se voltando para ele.

Rodrigo está tão bonito que meu estômago se contorce, dando voltas como se quisesse fugir. Meu coração palpita como um pássaro com a asa machucada tentando alçar voo para fora do meu peito. Meus dedos se fecham, apertados, para que eu não os erga na direção dele.

Os olhos azuis de Rodrigo parecem mais acinzentados de noite. Um relâmpago ilumina as janelas, fazendo feixes de luz prateada e branca inundarem o cabelo dele, meticulosamente desarrumado com gel. Ele continua o mesmo, mas os machucados em sua cara deixaram de ser roxos, tomando uma tonalidade amarelo-esverdeada. Pelo menos o rosto não está inchado nem o nariz quebrado.

— Você... — começa ele, mas olha para Caíque e para Jonas com um olhar questionador.

Encorajando-o, o amigo dele sorri, e Jonas dá um tapinha nas minhas costas.

— Vou buscar algo pra beber. — De repente, Jonas se vira para Caíque. — Me acompanha?

— Mas é claro — responde Caíque, lançando um último olhar para nós dois antes de se afastar sorrindo.

Imediatamente, fica difícil demais olhar para Rodrigo, e sentir seu olhar em mim me dá calor.

— Você veio — diz ele, os olhos analisando meu rosto como se estivessem procurando algo. — Achei que você... não vinha. Isso me surpreende. Eu abro a boca feito um peixinho dourado, mas não digo nada. Isso significa que ele também pensou em mim enquanto eu pensava nele?

Ele troca o peso de um pé para o outro. Percebo que ele não está usando um *smoking* como o de Caíque. Em vez disso, está com uma calça social de cintura alta, mocassins pretos discretos e uma camisa branca simples. E está lindo de um jeito totalmente... *Rodrigo*. Quando me mexo para responder, a foto nos meus seios, dobrada quatro vezes, cutuca minha pele, e eu faço uma careta.

Quero contar para ele sobre Jonas, sobre a tarde que passamos juntos, sobre todas as coisas que falamos e, principalmente, sobre as coisas que ignoramos. Quero falar que meu batom tem gosto de cereja e quero dizer que, apesar de ter me arrumado, estou me sentindo estranhamente nua. Como se tivesse tirado uma espécie de armadura.

Só que, antes que eu possa falar qualquer coisa, Rodrigo vira a cabeça, surpreso.

— Meu Deus, é "Are You Gonna Be My Girl"? — diz ele, e eu levo dois segundos até entender que ele está falando da música. — Vem, a gente vai dançar essa.

— Mas... — começo a falar e paro, chocada demais ao ser puxada pela mão.

Todos os alunos já estão aqui. A festa foi exclusiva para os formandos, e eu vejo, surpresa, que Jonas e Caíque estão dançando no meio de uma dúzia de pessoas.

— Sem *mas* — grita Rodrigo, acima do ritmo da música.

Alguém deve ter aumentado o volume, e nossos dedos entrelaçados balançam no ar. Ele puxa minha mão para o seu pescoço e coloca a mão livre na minha cintura, me segurando com muito cuidado. Ele balança a cabeça, e dançamos algo que não faz sentido nenhum, tentando acompanhar a bateria e as batidas.

— Eu senti saudade — grito.

Não sei se ele me ouviu, então grito de novo. E de novo. Colo meu peito no dele e giramos, como se estivéssemos num daqueles brinquedos de parque de diversões, aquele com xícaras.

Estou orbitando ao redor dele, meu coração tocando tambores no meu ouvido, e minhas bochechas doloridas de tanto rir com as caretas dele.

— Eu ouvi todas as três vezes — fala ele, se inclinando para mim.

Ele tem cheiro de algo doce, como sabonete. O hálito quente mentolado está perto demais do meu pescoço. Os olhos dele parecem estar mais escuros, e estou consciente de cada ponto em seu rosto. De seu nariz que, de perto, parece um pouco grande demais para o rosto dele. De suas sobrancelhas grossas e de sua testa lisa. Das marcas da surra que levou de Wesley, que não o deixam nem bonito, nem feio, mas selvagem. Meio eloquente e meio rebelde, sem ser nenhuma das duas coisas.

Mas inteiramente Rodrigo.

— Que bom — respondo, ainda dançando com ele.

Nossos narizes estão próximos demais, e consigo ver cada detalhe de suas íris claras e dos cílios grossos que emolduram seus olhos.

— Eu tenho mais coisas para falar.

— E nós temos a noite toda — responde, um sorriso brincando no canto da boca.

A boca que sei que é macia e quente e... e... Paro de pensar quando nos beijamos. A música ainda não acabou, mas paramos de nos mexer como bonecos infláveis descontrolados de posto de gasolina. Mesmo com os olhos fechados, consigo não apenas senti-lo; consigo vê-lo.

Quando Rodrigo se afasta, cedo demais, percebo que está tocando outra música. É algo dos anos 1980 e eu não conheço, mas parece algo que Cyndi Lauper cantaria. Também percebo que ninguém está próximo de nós dois e que ninguém parece prestar atenção no que estamos fazendo — ninguém parece prestar qualquer atenção em *nós*.

Ele segura meu rosto entre as mãos e dá um beijo na ponta do meu nariz. Depois, em cada uma das minhas bochechas. Fecho os olhos, e ele beija minhas pálpebras, a boca leve e carinhosa. Por último, ainda perto demais, próximo demais, afasta minha franja e beija a minha testa, ajeitando meu cabelo em seguida. Então, me abraça.

— Eu também senti saudade, Plutão — diz ele, apenas para mim, e por mais que eu já tenha chorado por toda uma vida este ano, meus olhos lacrimejam. — Senti saudade pra *caralho*.

Acabo rindo um pouco, e as lágrimas escorrem ao mesmo tempo pelas minhas bochechas.

— Você está com um cheiro doce e estranho — comenta.

Rodrigo escorrega a mão até a minha, segurando-a com força. Segurando-a como se fosse o certo.

— É da maquiagem — digo, meio envergonhada por ele estar perto o bastante para ficar me cheirando.

Espero que não consiga ver que eu estou envergonhada o bastante para ficar com o rosto avermelhado.
— Eu acho.
— Maquiagem tem cheiro? — Ele parece surpreso, a testa franzindo. — Tá, deixa para lá. Fiquei feliz por você ter vindo.
— Fiquei feliz por eu ter vindo.
Após um instante, ainda segurando minha mão, Rodrigo me guia para fora do saguão. O cheiro de chuva, de um *temporal*, nos cerca como uma bolha, o céu carregado de nuvens.
Por um mísero segundo, quero fechar os olhos e fingir que sou outra pessoa. Não Isabelle, não Thiago: apenas qualquer outro no meu lugar. *Qualquer um.* Mas isso é impossível. A cada passo que dou, a cada respiração, a foto me cutuca, como se fizesse de propósito.
Alice... Alice... Você precisa entender...
— Alice?
Os olhos azuis de Rodrigo me fitam, e ele parece preocupado. Vejo que ele nos trouxe até as mesas do pátio. Aqui, a música alta da festa soa abafada, como se estivéssemos a léguas de distância, e pontos brancos como estrelas piscam na minha visão. Meu peito dói, dói, dói. Como se uma sepultura estivesse presa nele. Como se eu...
— Vem, senta um pouco. Você está gelada. — Seu tom de voz me faz querer puxar os cabelos. Quero gritar com ele, quero gritar *comigo*, quero me levantar, quero nunca mais sair do lugar onde estou.
— Rodrigo...
O nome dele escapa dos meus lábios como se eu estivesse rezando para um deus proibido. Penso, triste, que ele é algo tão próximo disso que nossa ruína parece iminente.
— Eu preciso...

— Eu preciso te falar uma coisa, Alice — diz ele, e, pela primeira vez, noto que ele está nervoso. — Senta, por favor.

A voz dele está rouca, e as palavras saem como se ele estivesse lendo um manual de instruções.

— Não.

Algo no olhar dele me assusta. Algo no modo como está me olhando. Como se... como se...

— Eu preciso te falar...

— Rodrigo, *não*.

— Eu gosto de você, Alice.

Rodrigo parece que vai desmaiar. Cara, isso não é *nada* romântico. Tento fazer com que meu coração se acalme. Tento fazer minhas mãos pararem de tremer como se fossem varas de bambu. Falho nas duas coisas. Algo ruge em meus ouvidos, e ouço o que ele diz como se estivéssemos sintonizados em estações diferentes. Tem ruído demais, cortes demais.

— Eu não espero que você retribua, nem espero que entenda. Mas queria dizer isso. Queria que você soubesse. Caso hoje... caso eu e você... Alice Castello, você é a garota mais assombrosamente bonita, mais diabolicamente inteligente e mais estranhamente engraçada que eu... já conheci. E eu conheço você. Você entrou aqui...

Ele toca o próprio peito. Percebo que está falando a verdade, o que é muito piegas, mas adorável.

— Como se soubesse que era o seu lugar. E talvez seja. Você tem estado em todos os meus pensamentos por mais tempo do que sou capaz de admitir.

Acho que estou quebrada. Meu cérebro fica repetindo as palavras *eu te amo eu te amo eu te amo eu te amo eu te amo eu te amo eu te amo eu te amo eu te amo* como um disco quebrado dentro da minha cabeça.

Me desculpa, Rodrigo.
Me desculpa.
Abro a boca para responder. O olhar ansioso dele me diz que preciso dizer algo. Eu *quero* dizer algo. Não consigo obedecer a mim mesma e simplesmente puxo a foto de dentro do vestido. Ele parece confuso a princípio, e, antes de entregar o pedaço de papel, eu seguro a mão dele.

— Não é o melhor momento para dizer — começo, minha voz miúda e estranha —, mas eu nunca desgostei de você, Rodrigo. Nunca consegui ter forças o suficiente para isso. Mesmo antes... mesmo antes do acidente. Por favor, dessa vez não me odeie também.

— Como assim? Você... Eu nem *conseguiria* odiar você. *Mas você vai, Rodrigo. E aí vou perder você também.*

Entrego a foto para ele. Vejo suas pupilas dilatadas e as mãos grandes, delicadas e trêmulas pegarem a foto. Ele desdobra o papel já amassado com mais cuidado do que eu teria em uma situação como essa e então congela.

Quando me olha, parece não me enxergar. Não parece ver *nada*.

— Essa foto é... é de quando?

— Abril. — Minha voz mal passa de um sussurro.

Não sei o que esperava dele. Talvez urros furiosos. Talvez uma sequência de palavrões. Talvez... talvez qualquer coisa, menos essa fúria silenciosa que emana de cada poro dele.

Mesmo de ponta-cabeça, reconheço meu irmão e Isabelle na foto. Os dois se encarando, olho no olho, as bochechas quentes e vermelhas, os cabelos desarrumados. É uma foto caseira. Provavelmente Thiago que a tirou. Provavelmente Isabelle que a pediu.

— Você sabia — diz ele, ainda sem me ver, apesar de olhar para mim. — Você sabia que a Isabelle e o seu irmão... estavam juntos.

— Eu... — tento dizer, mas não consigo escolher as palavras. Porque ele tem razão. — Sabia.

— Por que agora? Eu... Por que *agora*?

— Por que *não* agora? É a nossa última noite juntos...

— Você...

Ele soa furioso. O rosto ganha cor.

— Como assim? *Nossa última noite juntos?*

— Rodrigo.

Ergo a mão e ele recua, me encarando como se não me conhecesse. Parece um animal ferido, enganado por uma mão bondosa que oferecia comida, mas que ele descobriu tardiamente que era veneno.

Veneno doce.

Antes de eu entregar a foto de Thiago e Isabelle seminus, numa cama de república, no mesmo quarto que você esteve comigo tão pouco tempo atrás.

Ele... parece pensar em tudo e em nada, os olhos desfocados.

— Deixa pra lá. Eu estou indo.

— Para o baile?

Não quero soar chocada, mas minha voz sai mais aguda do que imaginei que sairia.

— Embora.

Rodrigo soa cansado, e vejo que seus ombros estão encurvados. Não sei como é possível, mas ele parece ter envelhecido dez anos.

— Pra casa, Alice. É isso o que vou fazer.

— Mas...

— Se você não me odiava... — começa ele, a voz tremendo de raiva. — Se você não me odiava, por que não me contou? A

gente não era amigo... A gente não era *nada* antes do acidente, mas depois...
— Eu não sei — minto, nervosa. — Medo?
— Não. — Ele balança a cabeça, correndo os dedos de forma nervosa pelo cabelo escuro. — Não foi isso, e você sabe.
— Rodrigo...
— Fala logo, porra. Só... *fala*.
— Era mais fácil assim — admito, mortificada.
Assim que começo a falar, minha boca não para de se mexer. Mesmo que eu não queira, mesmo que eu saiba que assim vai ser mil vezes pior. Para nós dois.
— Eu sabia que... Isabelle e eu... A caixa... Rodrigo, a Isabelle sabia que eu... que eu *gostava* de você. E ela já estava com o Thiago. No dia do acidente... No dia do acidente, nós duas brigamos. Era por isso que ela estava comigo. Porque ela sempre ia ver o Thiago quando *eu* ia ver o Thiago. Porque eles estavam *juntos*. Eu falei pra ela... que não conseguia entender por que ela insistia em ficar com você... se estava com o meu irmão.
Minha garganta está seca, embolada com tudo o que não consegui dizer. Tudo o que escondi. Entalada com todos os segredos das pessoas que amei.
— Eu disse isso, Rodrigo, porque eu gostava de *você* a ponto de ser egoísta. Gostava de você mesmo você sendo o namorado da minha melhor amiga. Mesmo que ela traísse você com o meu irmão. Eu só não queria... Eu não queria que a Isabelle partisse o seu coração, porque sabia que eu nunca seria a pessoa a consertá-lo. Só que...
— A Isabelle e o Thiago morreram. E ela não só partiu o meu coração, mas o seu também. Eu sempre... — Ele pausa, como se fosse difícil falar.

Surpresa, vejo que ele está chorando. Olhos cheios de lágrimas que não escorrem, apenas se acumulam.

— Não era assim que as coisas deveriam ter acontecido. Por favor, imploro, incapaz de chorar novamente. *Por favor, Rodrigo, não me odeie. Mesmo que eu mereça. Mesmo que eu... mesmo que eu tenha terminado de destruir seu coração.*

— Eu sei — murmuro, insegura. — Eu sei, eu só... não devia...

— Quando ela morreu... a Isabelle não... Ela não me... — ele não completa a frase, como se falar "amava" fosse machucá-lo fisicamente.

Nego com a cabeça. Não sei o que ele quer que eu diga. Que sim, ela o amava? Que não, nunca o amou? Que só estava com ele porque sabia que eu gostava dele?

Eu amava Isabelle e sabia que seu coração era um buraco negro. Ela escondia coisas para que ninguém encontrasse. Ela me machucou tantas e tantas e tantas vezes só porque podia. Só porque a relação que tínhamos, os poderes atribuídos a cada uma, permitia que isso acontecesse. Era assim que nós éramos. E ainda assim eu a amava. Amava até o último momento. Até mesmo depois do fim.

— Faria diferença? — pergunto, me sentindo esgotada. Cansada, fria e oca. — Se você soubesse que ela estava te traindo, você não teria sentido nada? Se fossem apenas ex um do outro, não teria sentido a morte dela?

— Teria — diz ele, sem me olhar. Com vergonha. — Mesmo agora, eu a amo. Mesmo depois de tudo... eu a amo.

— Do mesmo jeito que gosta de mim?

A pergunta escapa antes que eu possa refreá-la.

Rodrigo ergue os olhos até os meus.

— Não — responde ele, alongando a palavra, e meu coração se transforma em chumbo, afundando no peito. — Eu gosto de você do jeito que as pessoas devem gostar umas das outras.

Chocada, olho para ele. Estamos tão perto, tão, tão, *tão* perto. Rodrigo endireita os ombros, os olhos frios como cubos de gelo. Parece que ele vai falar algo. Parece que vai destruir o mundo. Ele parece portar o apocalipse.

— Vem, Castello. — É o que ele diz. Depois de um silêncio de sessenta segundos. — Acho que chegou a hora de a gente descobrir o que tem dentro daquela caixa.

— Você descobriu... a senha?

— Não.

E, pela primeira vez desde que o conheço, Rodrigo Casagrande parece gigantesco, radiante e firme. Sólido. Não mais um fantasma assombrado e sendo assombrado.

— Eu sempre soube qual era.

TREZE PÁGINAS PARA O FIM

A chuva não começa imediatamente. Primeiro, abandonamos a festa e passamos na minha casa. Não preciso ir até o meu quarto para buscar a mochila, que está pesada do jeito que a deixei na casa da árvore. Alice permanece parada, me esperando lá embaixo. Já é tarde, então ligo a lanterna do celular. Não é uma caminhada longa até o cemitério, e ela também não reclama quando não faço questão de pegar minha bicicleta.

Penso em um milhão de noites atrás, quando eu estava bêbado demais para voltar sozinho e ela fez esse esforço por mim. Minha garganta está ardendo, e agradeço que esteja escuro o bastante para que ela não me veja chorando. O silêncio de Alice é um grito e diz mais do que qualquer pedido de desculpas que ela faça. Ela *está* arrependida. Alice Castello, aparentemente, nunca me odiou. E sabia que minha namorada me traía com seu irmão o tempo todo.

— Eu não estou com raiva — digo para ela, por fim.

Quero segurar sua mão e dizer que estou aqui. Eu *ainda* estou aqui. Mas meu coração parece sangrar em todas as direções, parece se derramar para fora de mim, como se o oceano estivesse preso dentro de uma lagoa.

Eu estou machucado. E dói saber que Alice também fez um desses furos em mim.

— Isso é exatamente o que alguém com raiva diria — murmura ela ao meu lado.

Então, começa a chover. Parece uma tempestade de verão, caindo do nada, com grandes gotas mornas, relâmpagos iluminando os céus, trovões ecoando ao fundo. Percebo que é tarde demais para o mundo acabar.

Ele já está em frangalhos.

Passamos pelo velho salgueiro da entrada do cemitério completamente encharcados. O vestido de Alice grudou no corpo, e estamos os dois piscando a todo momento para que as gotas de chuva não embacem nossa visão. A maquiagem de Alice escorreu toda e, ainda assim, parece estar pronta. Para tudo e qualquer coisa. Para revirar os segredos de nossos mortos, para me seguir até o fim.

— Você não precisava vir até aqui — diz ela quando paramos na lápide de Isabelle.

A foto sorridente da minha ex-namorada é um soco bem dado no estômago. Pisco com rapidez, sabendo que não é pela chuva.

— Eu precisava, sim — respondo do jeito mais delicado que consigo. — Ela começou isso. É com ela que vamos terminar.

A caixa que tem meu nome entalhado é de madeira, retangular, e a superfície está cheia de letras de diferentes cores, recortadas de jornais e revistas. Algumas letras formam palavras como "destemida", "invisível", "eterno" e "viver", mas a maioria está espalhada de forma aleatória.

Um caos organizado, assim como o universo.

Essa caixa está trancada com um cadeado pequeno e, para destravá-lo, preciso de uma sequência de quatro números. Quando a viro de cabeça para baixo, vejo a única frase que está colada no fundo.

Há mais pensamentos em mim
do que estrelas no céu

A garota ao meu lado abraça o próprio corpo, tremendo por causa do vento que balança seu cabelo com força. Os olhos dela estão focados na caixa, expressando uma espécie de dor que se situa entre tristeza sincera e melancolia pura, e fico me perguntando se ela ainda tem algo das pessoas que amou e perdeu.

Enquanto seguro a caixa com mais força do que deveria, percebo que acho que gosto da dor. *Dessa* dor. Ela me faz perceber que tudo o que está acontecendo agora é verdadeiro. Real.

— Você sabia que os cavalos-marinhos só têm um companheiro durante toda a vida?

É meio estranho ver alguém como ela no meio de todas essas lápides, mas, na verdade, algo nela parece absolutamente certo com o vestido de formatura arruinado, os olhos castanhos cálidos e tristes e o cabelo com a mecha verde.

Penso no quanto é possível odiar e amar alguém ao mesmo tempo, sentir tanta saudade e desejar desesperadamente que a realidade não passe de um sonho ruim, quando grandes gotas de água se espalham devagar, mas com força, ao nosso redor.

Olhamos para o céu escuro ao mesmo tempo, e a sensação é de estarmos presos dentro de uma grande tigela de aço.

Impenetrável.

Estou pensando nas coisas importantes que todos nós somos obrigados a deixar para trás quando abro a caixa com os números 3-2-8-7. Ela se inclina na minha direção, e meus dedos rodeiam o cadeado aberto. Meu coração bate tão rápido dentro do peito que acho que ele pode alçar voo a qualquer instante.

Mas tudo o que consigo dizer é:

— Ainda bem que não somos cavalos-marinhos.

Isabelle me mostra o teclado de um celular antigo que achou nas coisas da mãe dela.

— *Aqui.* — *Ela indica os números.* — *Vamos combinar assim. Sempre que precisar me mandar uma mensagem, finge que tá usando um teclado como esse... 3 é para o E, de "eu". 2 para A de "amo". 8 para V de "você". Entendeu?*

— *Sete.* — *Anoto no rascunho que ela rabiscou no canto de um desenho que eu estava fazendo no meu caderno.* — *Para R. De Rodrigo.*

Os olhos dela somem quando ela sorri.

— *Para R* — *concorda ela.*

Não é nenhuma surpresa quando o cadeado se abre e se solta na minha mão. Eu não menti para Alice: sempre soube qual era a senha, mas só me dei conta disso quando finalmente falei para *Alice* que gostava dela. Quando me lembrei de que amava

Isabelle. Acho que admitir isso ativou alguma lembrança dentro de mim. O dia que Isabelle e eu construímos nossa própria linguagem secreta foi a primeira vez que ela disse que me amava. Bem, do jeito dela, mas disse.

Abro a caixa, espiando dentro e jogando o flash da lanterna do celular.

— Fotos — comento.

Elas são a primeira coisa que vejo, e me sinto mais triste do que deveria.

Todas as nossas fotos, um compilado de lugares e dias diferentes, amarradas com um laço de seda verde. Alice espera pacientemente enquanto eu passo para a próxima coisa.

— O anel — diz ela, surpresa, quando a luz da lanterna alcança o objeto redondo e prateado.

É um anelzinho de prata fino e delicado. Meu estômago entra em queda livre quando percebo o que essa caixa é.

Um adeus.

Vejo o colar que dei de presente no aniversário de 17 anos de Isabelle, as cartas que escrevi, bilhetes curtos e desenhos que rabisquei para ela. No fundo, um envelope creme com meu nome escrito. Uma carta. Os papéis se encharcam rapidamente, e eu fecho a tampa da caixa, irritado.

— Rodrigo? — A voz de Alice vacila ao meu lado.

Olho para ela, os ombros pesados, e estendo a caixa, que ela pega, surpresa.

— Fica com isso — falo, ainda furioso.

Não quero ler a carta. Não faz sentido, de qualquer forma. Ela está morta. E é isso o que digo para Alice, com todas as letras. *Morta.* Isabelle. Está. *Morta.*

— Mas você a *ama* — pontua ela, agarrando a caixa.

Isso também, percebo depois. Sabia que a caixa de Isabelle era o último adeus, era o chute direto na minha bunda, encerrando nosso relacionamento. Deve ser por isso que Alice também não me falou. O que ela disse mesmo? Minutos atrás?

Eu não queria que Isabelle partisse seu coração, porque sabia que eu nunca seria a pessoa a consertá-lo.

— Sim. E ela está morta. Nada muda isso. Nem mesmo o fato de que eu a... amei.

Nós nos encaramos embaixo do aguaceiro que despenca em nossas costas. Fico triste em saber que tivemos apenas uma dança.

— Estou indo embora, Alice.

— Eu... Tudo bem.

Ela assente devagar, ainda segurando a caixa contra o peito com tanta força que os nós dos dedos estão brancos. Quero pegar sua mão e afrouxar dedo por dedo, dizer que a culpa não é dela.

A culpa não é dela se Isabelle e Thiago morreram naquele acidente. A culpa não é dela se Isabelle me traía com Thiago, mesmo que ela nunca tenha me falado. Talvez seja egoísmo meu, mas não quero que a culpa seja *dessa* garota.

Sim, porque é mais fácil culpar os mortos por tudo o que deu errado.

— Não, Alice — falo, me sentindo prestes a quebrar. — Eu estou indo embora *embora*. Quer dizer, não *agora*. Mas o plano é ir. Eu conversei com a minha mãe sobre... sobre a Isabelle, o acidente e meu padrasto. Nós dois concordamos que vai ser melhor assim. Ela vai pedir o divórcio ainda esse ano, e estávamos só esperando o meu ano letivo acabar para nos mudarmos com calma.

Ela me olha como se estivesse vendo um estranho, mas assimila as palavras.

— Vocês estão indo *embora*? Simples assim? Quando foi que você decidiu isso? Quando você ia me contar?

— Não foi uma decisão só minha. É o melhor pra mim. Pra minha mãe.

Dá para ver que ela está magoada, machucada e surpresa demais para fazer qualquer coisa além de me fuzilar com os olhos.

— Desculpa. Eu não queria que essa noite terminasse assim.

— Você — ela começa a dizer, a voz tremendo. Alice parece não saber o que falar.

Definitivamente, não era como eu esperava que a noite acabasse. As sobrancelhas dela estão franzidas, os olhos cheios de rancor, de tristeza e... de amor. Algo indômito, agridoce e machucado.

Coço meus olhos, que estão encharcados pela chuva e pelas lágrimas.

— Eu continuo aqui — diz ela, a voz distante, o tom morrendo como uma vela se apagando. — E o céu ainda está caindo.

— Desculpa, Alice. Eu...

Eu acho que te amo. Mas existem mais coisas na minha vida além dos meus sentimentos por você. E eu te amo como uma estrela cadente ama o céu que ela atravessa. Eu te amo como se meu coração pudesse se enraizar em você e fazer coisas boas florescerem. E eu te amo a ponto de me permitir não deixar que fantasmas atormentem meus sonhos.

— Eu preciso ir.

— Quando você vai? — pergunta ela, a voz baixa demais. Se não estivéssemos perto o suficiente, não sei se a teria ouvido.

— *Quando?*

— Daqui a cinco dias — murmuro em resposta.

Espero ela dizer alguma coisa. Não sei o que esperar. Quando ela avança para cima de mim, me encolho, esperando um tapa, mas ela me abraça tão forte que me desequilibro e a seguro antes de nós dois desmoronarmos.

— Então eu vou te esperar, Rodrigo — diz ela, soluçando, o rosto enterrado em meu pescoço. — Cinco anos ou dez. A vida toda ou na próxima.

— Eu não posso te pedir isso.

Mas ainda assim a abraço, minhas próprias lágrimas caindo.

— Eu nunca pediria isso — afirmo.

— E é por isso que estou te falando — responde ela, sem me soltar.

— Não é o fim do mundo, Alice — eu a consolo, e ela soluça, chorando alto. — Não quero perder você. Não quero que tudo acabe assim, mas eu preciso de tempo. Preciso saber que minha mãe está bem, preciso estudar e preciso... deixar tudo isso pra trás. Deixar *tudo* pra trás. Essa cidade. Os túmulos. Quero voltar aqui em alguns anos e ser capaz de olhar pra tudo sem ruir em pedaços.

Eu a afasto de maneira gentil. Os olhos dela são poças, o castanho brilhando na escuridão. Quando a beijo, tudo o que está quebrado dentro de mim se junta novamente.

— Vamos nos encontrar de novo, Alice. Porque quando se trata de você... Sempre vai ser *sim* quando se trata de você.

VIM TE VER

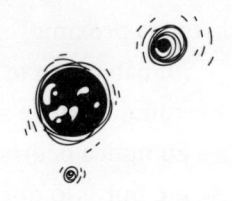

Não passei no vestibular em Curitiba.

Doeu mais do que eu pensava, mas, com a nota do Enem, passei para a universidade estadual de Maringá. Rodrigo, por sua vez, passou para a Faculdade de Artes do Paraná, e nos mudamos para cidades diferentes.

No primeiro ano, conversamos por mensagens e ligações. Era meio difícil manter um ritmo constante de troca de informações sobre nossas vidas, porque tudo o que estávamos vivendo era novo, estranho, e parecia ser coisa demais para processar ao mesmo tempo.

No segundo ano, as mensagens se tornaram escassas.

Depois do terceiro, eu não conseguia mais me lembrar de quando tínhamos nos falado. Difícil dizer se foi o tempo ou a falta dele, mas, em algum ponto, houve uma ruptura. Então, uma rachadura inteira se formou, e, por fim, nos tornamos duas coisas distintas.

Alice Castello

&

Rodrigo Casagrande.
Não estávamos mais na mesma página. Muito menos na mesma linha.
E não foi o fim do mundo.
Mas ainda assim foi o fim de algo.
Quando a possibilidade de me mudar para Curitiba apareceu, eu a agarrei com todas as forças. Convenci a minha mãe de que os anos que passei morando em Maringá não me trouxeram garantia de nada. Eu tinha conhecidos aqui e ali, mas não tinha amigos. Estava formada, mas não tinha nenhuma perspectiva de emprego. Eu ainda me sentia uma estranha na cidade. Queria tentar algo novo outra vez.

Quando visitei minha mãe, depois da formatura, conversei sobre a ideia de ir para Curitiba. Era uma cidade maior, minha tia poderia me ajudar com a mudança, e era bem mais perto de Santa Esperança. Eu tinha uma longa lista de argumentos, mas esses três pareceram suficientes para ela concordar com o plano.

Então, aos 23 anos, logo depois de terminar a faculdade de Administração, me mudei para uma casa amarela, um dos sobrados antigos que ficava em uma rua de paralelepípedos no centro de Curitiba. Pintei a fachada de um tom rosa-groselha, contrastando com as árvores que permeavam o caminho, reformei o primeiro andar e pintei uma placa com SEBO ÚLTIMO CAPÍTULO escrito em letras garrafais.

Com o passar do tempo, o sebo-café ganhou uma clientela que curtia rolinhos de canela e café moído na hora. Perto da entrada, coloquei um enorme quadro de feltro para pendurar todas as coisas que eu encontro dentro dos livros. E, assim, fiz o lugar ficar com a minha cara.

Minha mãe só veio me visitar quando meu avô faleceu. Ela precisava cumprir seu último papel como filha. Naquela noite, eu a vi chorar, mas não soube como conversar com ela, não soube o que dizer.

Depois do velório, dividimos uma pizza fria que eu tinha na cozinha e assistimos a filmes ruins de super-heróis. Ela dormiu no sofá da minha casa ainda pouco mobiliada e, apesar de dizer que ficou feliz de ver que as coisas estavam indo bem para mim, quis voltar para Santa Esperança no dia seguinte.

Eu sei que ela nunca vai sair de lá.

E sei que é por causa do meu irmão, ainda enterrado naquela cidadezinha.

No fim, eu não sou a filha que ela queria, mas a filha que ela teve que ver acontecer. E não fiz um trabalho tão ruim. Ou pelo menos é o que eu acho.

Mesmo assim, tenho que admitir: Jonas tinha razão. De alguma forma, tudo ficou bem..

— Você bem que *podia* aceitar o convite pra jantar. — Jonas está debruçado no balcão do café, me cutucando. — Você não vai pra um *date* há quanto tempo?

— Um zilhão de anos.

Mas quem está contando?

— Oito meses — relembra Jonas.

Bom, aparentemente ele está.

Nos últimos anos, Jonas trocou de óculos diversas vezes, começou a fazer academia e se formou em Publicidade e Propaganda, o que o acostumou a soltar termos em inglês no meio das conversas. Mas, no geral, ele ainda continua sendo meu melhor amigo. E um cara legal.

— Você podia só ir pra comer alguma coisa, tomar um vinho e...

— Não, obrigada.

Jonas solta um suspiro.

— Você é terrível quando quer, Alice.

— E você é um...

Alguém empurra a porta da frente e entra, limpando os pés no capacho. Quando olho na direção da porta, paro por um instante, analisando o homem. Ele está olhando com curiosidade para o quadro de coisas avulsas achadas dentro dos livros: notas fiscais, cédulas de moeda estrangeira, flores secas, fotografias em sépia, em preto e branco ou envelhecidas pelo tempo, listas de compras escritas à mão e mais um monte de outras coisas. Abro um sorrisinho ao ver seu interesse.

— Boa tarde — cumprimento, e ele se vira na minha direção.

— Belo desenho.

Ele aponta para uma folha no alto do quadro, uma folha desenhada com giz pastel. A fachada de um sebo-café levemente parecida com a do meu.

— Quem fez?

Demoro instantes para entender o que está acontecendo. Abro e fecho a boca repetidas vezes. Lanço um olhar para Jonas, mas ele dá de ombros, um sorrisinho no canto dos lábios.

Ah.

— Foi... — Minha voz falha e eu pigarreio, entendendo. — Foi um amigo. Um *grande* amigo. Ele era muito talentoso.

— Era?

O homem lança um olhar para trás, na minha direção. Seu cabelo é comprido, bem preto, e ele tem sobrancelhas grossas e olhos azul-claríssimos. Ou seriam cinza?

— Não é mais?

— Não sei. Nós perdemos contato. Só... acabou acontecendo.

Engulo em seco.

— Sei... — Ele se vira por completo e vem até o balcão. — Eu também tive uma amiga.

— É mesmo?
— É. Ela era uma *grande* amiga, sabe? Péssima pescadora, péssima piloto de bicicletas.

Ele estende a mão, e eu mal posso acreditar no que meus olhos estão vendo.

— Rodrigo — ele se apresenta, e sinto algo dentro do meu peito doer e doer e *doer*.

Acho que estou fazendo uma careta. Acho que vou chorar. Tenho um milhão de perguntas.

— Alice.

Aceito a mão dele e a pego com firmeza, sem conseguir soltar.

Quando Rodrigo sorri, penso que um *clique* alto deve ter ressoado por todo o mundo.

Um pedaço do universo acabou de desmoronar.

AGRADECIMENTOS

Se você está lendo isso, significa que esta história terminou. O livro, no entanto, não acabou, porque para mim ele acaba aqui — nos agradecimentos. Eu rabisco mundos desde que me entendo por gente, devoro livros no café da manhã desde criança, e estar escrevendo esta seção aqui fez meus olhos brilharem feito duas estrelas cadentes. O que torna as jornadas longas tão incríveis é você poder olhar para trás e pensar "uau" e então pensar *"uau"*.

Quero agradecer a todo mundo que fez meu *"uau"* acontecer.

Karoline Melo, minha agente literária-barra-amiga, que é talentosa, incrível e me faz pensar em sete coisas impossíveis antes do café da manhã: o mundo inteiro é nosso quintal. Obrigada por me lembrar disso, obrigada por acreditar em mim e obrigada por todo o resto (que é extenso e recheado de palavras em itálico, mas que você sabe qual é, letrinha por *letrinha*).

Clara Decol, OI! *aceno* Quero te agradecer por todas as *calls*, risadas, presentes, leituras, mensagens e, acima de tudo, quero agradecer por acreditar nos meus sonhos, mesmo quando eu mesma me sentia desconectada deles. Obrigada. De novo. Por tudo e por tanto.

Minhas amigas escritoras que ouviram muito meu choro, minhas ideias, minhas reclamações, meus pensamentos intrusivos e minha chatice (e ainda assim ficaram do meu lado): Denise Flaibam e Bianca da Silva, vocês são fantásticas! Obrigada por todo o apoio. Matheus Iungblut e Aline Machado, que leram a primeira versão deste livro e acreditaram-acreditaram-acreditaram e Acreditaram e ACREDITARAM. Obrigada por terem amado a Adrielli de Antes, a Adrielli de Agora e Adrielli que Virá Depois. Sete anos de amizade não são sete dias.

Meu clubinho de fofoqueiros: Ana Lidia, Débora, Bella, Rafa, Wes, Noemi e Thayná. Obrigada pelas risadas, pelo apoio (quase sempre) incondicional, por lerem minhas histórias, por me acharem só um pouquinho mala e por acreditarem em mim. Luisa Landre, que compartilha fofocas, histórias e sonhos: obrigada por sempre ser gentil comigo e me permitir tecer comentários em áudios longos (e obrigada por ouvir todos eles). Rebeca de Arruda, que é maravilhosa, brilhante e totalmente capaz de segurar universos desmoronando apenas com palavras: obrigada por tudo (tudo *mesmo*); é uma honra e uma alegria te ter como amiga.

Um obrigada para todas as pessoas que viraram minhas amigas por causa dos livros: João Rodrigues, Gabs, Thai, Gisele, Ana Carolina, Rafa Obrownick, Anna Anchieta, Anna Júlia, Maria Antônia, Gih Alves, Mary Abade, Adrian, Carlos César, João Victor... Cada mensagem, fofoquinha e apoio de vocês mudou minha jornada como pessoa e como escritora.

Um obrigada para minha psicóloga, Ana Paula, que ouviu sobre este livro (e outras tantas coisas mais) e me ofereceu as palavras mais gentis e extraordinárias quando contei sobre esse contrato.

Quero agradecer a toda a equipe da Rocco que trabalhou no meu livro e, em especial, à Bia D'Oliveira, que leu essa história, viu que tinha jovens tristes sendo tristes e falou que era exatamente o que ela estava procurando. Obrigada por responder todas as minhas perguntas (incluindo as *indiscretas* sobre fontes) e por me conduzir por todo o processo.

Meus pais, Roselia e Leonir, e minha irmã, Alessandra: amo vocês.

Este livro foi uma espécie de despedida para a minha tia, Rosane, que viveu e morreu sendo uma das pessoas mais incríveis e legais que eu já conheci. Falar sobre como foi perdê-la ainda me deixa sensível, mas agora posso falar sobre luto e sonhos na mesma frase. Depois que minha tia se foi, eu escrevi sobre isso do jeito que eu podia e entendia e, agora, o nosso círculo finalmente está completo. Então, para ela, onde quer que esteja, eu deixo o meu muito obrigada: por ter me amado, por ter vivido e por ter ido me ver falar sobre livros naquela noite chuvosa.

Minha nossa, eu não posso esquecer de *você*, que acabou de terminar este livro! Obrigada por ter lido até aqui, por ter escolhido esta leitura, por ter dado uma chance para o meu trabalho. Literatura ressoa de maneira diferente em pessoas diferentes, e esta é a minha parte favorita de todo o processo: a experiência é única para cada um. Espero que *você* tenha curtido a leitura. Um pedacinho do meu universo agora ficou com você.

Nos encontramos no próximo livro.

:)

Impressão e Acabamento:
BARTIRA GRÁFICA